シノダ!

指きりは魔法《まほう》のはじまり

富安陽子

大庭賢哉・絵

偕成社

シノダ!

指きりは魔法のはじまり　もくじ

シノダ!

登場人物紹介

●信田《しのだ》結《ゆい》（ユイ）……信田家《しのだけ》の長女。小学五年生。風のことばを聞きとる〝風の耳〟をもっている。

●信田匠《たくみ》（タクミ）……ユイの弟で小学三年生。過去《かこ》や未来《みらい》を見すかす〝時の目〟をもっている。

●信田萌《もえ》（モエ）……末娘《すえむすめ》。人間以外《いがい》の生きもののことばをつたえる〝魂《たま》よせの口〟をもっている。

●信田幸《さき》（ママ）……キツネ一族の反対をおしきって人間のパパと結婚《けっこん》した、たよれるママ。

●信田一《はじめ》（パパ）……大学の植物学の先生。おおらかでやさしい。キツネの親戚《しんせき》一同が頭痛《ずつう》の種《たね》。

●鬼丸《おにまる》（鬼丸おじいちゃん）……ママのお父さん。テレビが見たくなると、信田家のリビングにあらわれる。

●斎《いつき》（イツキおばあちゃん）……ママのお母さん。ユイたちは、キツネたちの宮《みや》で一度しかあったことがない。

●祝《ほぎ》（ホギおばさん）……ママのおばさん。趣味《しゅみ》は、不吉《ふきつ》な予言をつげること。

●夜叉丸《やしゃまる》（夜叉丸おじさん）……ママのおにいさん。ほこり高くちゃらんぽらんな、キツネ一族のやっかいもの。

●季《すえ》（スーちゃん）……ママの妹。化《ば》け術《じゅつ》の名人。ユイたちがおばさんとよぶとふきげんになる。

家系図

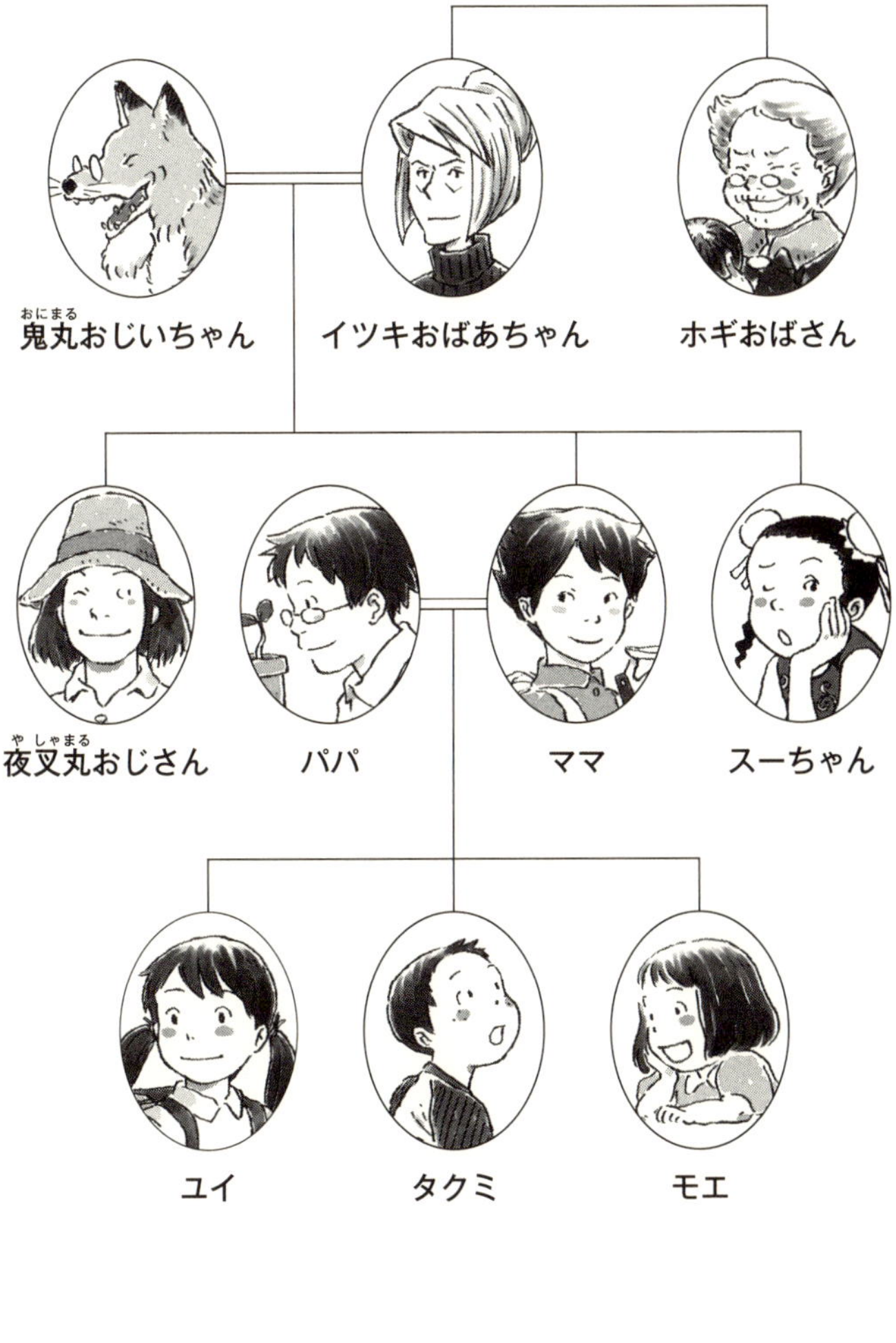
鬼丸《おにまる》おじいちゃん
イツキおばあちゃん
ホギおばさん
夜叉丸《やしゃまる》おじさん
パパ
ママ
スーちゃん
ユイ
タクミ
モエ

ブックデザイン／タカハシデザイン室

指きりは魔法のはじまり

はじまりのはじまり

桜《さくら》の木はすっかり葉っぱをおとしていたが、幼稚園《ようちえん》の門のわきのイチョウは、黄色い葉をまばゆいほどにかがやかせていた。

それは、ぽかぽかとあたたかい、秋の終わりのある日のことだった。

モエは、男の子のお友だちと二人で、さっきから小さな池の中をのぞきこんでいた。緑色ににごった水中に、なにかがすがたをあらわすのをまっていたのだ。

その池は、モエが通う幼稚園《ようちえん》の園長先生の家の庭にある池だった。園長先生の家は、幼《よう》稚園《ちえん》のすぐおとなりにくっついていて、園庭とのあいだは、背《せ》の高いいけがきと、小さな門でへだてられている。門にはいつも鍵《かぎ》がかかり、いけがきの根もとにはネットがはりめぐらされ、幼稚園《ようちえん》の子どもたちが、かってに園長先生の家にはいりこむことはできないようになっていた。

でも、モエはちゃんとぬけ道をしっていた。園庭のすみっこのいけがきの根もとに、一か所、ネットに穴《あな》のあいたところがあったのだ。その穴《あな》は、アジサイのしげみのおくにかくされていたうえに、体の大きい子ではとても通りぬけられないほど小さかった。でもモエなら、はらばいになってもぐりこめば、なんとかくぐりぬけることができた。そしてくぐりぬけてみると、そこには、ひっそりとした園長先生の家の庭と、緑色にかがやく小さな池がまっていたのである。

そもそも、そのぬけ穴《あな》をみつけたのは、モエではない。お友だちの男の子にさそわれて、モエはくっついていっただけだ。

その子は、モエより少し大きくて、ちょっと変《か》わったしゃべり方をする子だった。女の子か男の子かわからないようなおかっぱ頭も、変《か》わっていた。でも、スモックの色が青かったから、男の子にまちがいない。モエのスモックはピンクだ。

モエは、その男の子の名前をしらなかった。だって、クラスがちがう子だったから。年少さんのモエのクラスには、二十五人のお友だちがいるが、モエはそのスミレ組のお友だちの名前だって、全員しっているというわけではなかった。もちろん、女の子の名前なら、ちゃんといえる。アリサちゃんも、アオイちゃんも、アキナちゃんも、ユウナちゃんも……。みんな、ちゃんとしっている。だけど、男の子となると、ちょっと自信《じしん》がなかった。どの子がユウキくんで、どの子がユウマくんか。タクヤくんとタクトくんは、どっちのほうが大きかったか。ヨウタくんとなかよしなのは、ケンくんだったか、ジュンくんだったか。ときどき、よくわからなくなる。おなじクラスのお友だちでも、そんなちょうしだったから、年中さんや年長さんのクラスの男の子となると、だれもしらないのとおなじだった。名前をしらなくても、こまることはなかった。

何日かまえ、モエは、その名前をしらない男の子が、こっそりとアジサイのしげみのほうへ歩いていくのを、たまたま見かけてしまった。その子は、しげみのまえで立ちどまり、あたりをうかがうようにきょろきょろしていたが、じぶんのほうを見ているモエに気づくと、モエのことをじろじろ見つめ、それからやがて、おいで、おいで、というように手まねきをした。だからモエは、その子のほうに近よっていった。

「これは、ないしょじゃ」

やってきたモエにむかって、男の子はいきなり、ひそひそ声でいった。

「なにが？」

モエが、とびきりのひそひそ声で聞きかえすと、その子はまた「しいっ！」といって、モエをにらんだ。

「いまからいくとこじゃ。どこにいくか、だれにもいうなよ」

〈だれにもっていうのは、どのくらいだれにもなのかなあ？〉と、モエは思った。お友だちにも先生にも、ユイねえちゃんや、タクミにいちゃんや、パパやママにも……っていうことだろうか？

考えこんでしまったモエをそそのかすように、その子がまた、ひそひそ声でいった。

「ないしょにするんなら、おまえもつれてってやるぞ。秘密《ひみつ》のトンネル、教えてやろうかなあ。いいとこ、つれてってあげよっかなあ」

「秘密《ひみつ》のトンネル……？　いいとこ？」

モエはぴくんと顔をあげ、耳をそばだてた。その子は、にやりとわらっていった。

「ないしょにできるか？」

「できる……と思う」

モエがこたえると、その子は、またしかめっつらになって、「だめ」といった。

『と思う』じゃなくて、ちゃんと『ないしょにする』っていわなきゃ、教えてやらないぞ。指きりしなきゃ、教えてやらないからな」

モエは、またちょっと考えこんだ。それからとうとう決心して、大きく一つうなずいた。

「ないしょにする」

「よしよし。じゃあ、指きりげんまん」

その子のさしだした右手の小指に、モエは、じぶんの右手の小指をからませた。

その子が、つなぎあわせた小指をふりながらうたいだす。

「指きりげんまん
いまからいくとこ　だれにもないしょ
うそついたら　カエルの口になぁれ」

モエはその歌がおかしくてクスクスわらった。

「カエルの口？　うそついたら、カエルの口になっちゃうの？」

「そうじゃ」

男の子は、満足《まんぞく》そうにうなずいて小指をはなすと、モエにとびきりの秘密《ひみつ》を教えてくれたのである。

それが、園長先生の庭に通じる、かきねの下のぬけ穴《あな》だった。ぬけ穴《あな》をくぐった先は、木々にかこまれた園長先生の家の庭のすみで、おくには小さな池が見えた。

近づいてみると、池の水はふしぎな色をしていた。深い青みがかった緑色で、秋の陽《ひ》ざしがさしこむと、あざやかなエメラルドグリーンにかがやく。

まあるいおもちを細長くひきのばしたような形の池は、まん中のところがひょうたんみたいにくびれていて、三年生のタクミにいちゃんなら、むこう岸までぽんと飛《と》びこせるだろうなと、モエは思った。

「あのさ……」

池のふちに立って、男の子はモエにいった。いままでよりも、もっと低《ひく》く声をひそめて。

「ここには、むかし、竜《りゅう》がすんでたんじゃ」

「えぇーっ！」とおどろくモエを、男の子がまた「しーっ!!」といってだまらせる。

「おっきい声出すな！　ないしょっていったじゃろ？」

その子とモエは、なんとなく、いけがきのむこうの幼稚園《ようちえん》のほうをうかがい、庭に面して建《た》つ園長先生の家がしずまっているのを確認《かくにん》し、それからやっと、ほっといきをついた。

モエは声をひそめ、男の子に質問《しつもん》した。

「竜《りゅう》って、でっかいやつ？　それとも、チビ竜《りゅう》？」

「でっかいやつ」と、男の子はこたえた。

モエは、じぶんの足もとの小さな池をつくづくながめて、首をかしげた。

「だけど……でっかい竜《りゅう》は、お池からはみでちゃうよ。お池がちっちゃいから……」

男の子はだまって、モエのことばを否定《ひてい》するように首を横にふった。そして、いかにも秘密《ひみつ》めいたようすで、ささやくようにいった。

「むかし、ここには、すっごく大きい池があったんじゃ。いまは地面の下にうもれてしまったけれど……」

「へえーっ……」

モエは大きい声を出さないように用心しながら、また質問《しつもん》した。

「なんで、しってんの？」

「だって、見たことあるからな」と、男の子はいった。とくいそうなわらいが、ちらりと口もとにうかんだ。

「へえーっ」

考えてみれば、それはおかしな話だった。モエより、たった一歳《さい》か二歳《さい》大きいだけの男の子が、そんなむかしのことをしっているなんて――。いまよりずっと大きくて竜《りゅう》がすんでいたという池を、それとも池にすんでいたという竜《りゅう》を、この子が見たなんていいだしたら、ユイやタクミなら、きっと「作り話にきまってる」とわらったことだろう。でも、まだ三つのモエには、その子の話がうそくさいなんていうことは、思いもよらなかった。

モエは目をまんまるにして男の子を見つめ、それから、いま目のまえにある小さな池を見つめ、心の底《そこ》からうらやましそうにつぶやいた。

「いいなあ……。モエも、でっかい竜《りゅう》、見てみたいなあ……」

「そのうち、見られるかもしれないぞ」と、男の子はいった。そしてその子は、しずまる池の中をのぞきこむようにして、水の底《そこ》によびかけたのである。

「おおい。出てこぉい。のぼっておいでえ」

その子がよびかけると、ゆるやかな風がおこり、鏡《かがみ》のようになめらかだった水面にさざ波が立った。

〈竜《りゅう》をよんでるんだ〉と、モエは思った。いまにも、緑によどんだ水の中から竜《りゅう》が顔をのぞかせるのではないかと、いきをつめて水面を見まもる。いまごろ、深い深い水の底《そこ》の世界のどこかで、じぶんをよぶ声を聞きつけて、竜《りゅう》が目をさましているかもしれない。とぐろをまいた竜《りゅう》が、暗い水の中に頭をもたげるところを想像《そうぞう》して、モエはむねがドキドキした。

そのとき、かきねのむこうで声が聞こえた。

「年少さんは、お部屋にもどりましょー。お帰りのおしたくの時間ですよー！」

スミレ組のサヤカ先生がよんでいる。

モエは、小さくためいきをもらした。もうちょっとまっていたら、竜《りゅう》が出てくるかもしれないのに……。

「じゃあね」

モエがそういって、かきねのほうにひきかえしかけても、男の子はひとりでじっと池の中を見つめたまま、うごかなかった。年少さん以外《いがい》の子どもらには、まだ集合の声がかかっていないからだろう。

その日からときどき、モエはその子といっしょに、秘密《ひみつ》のぬけ穴《あな》を通って池を見にいくようになった。池をのぞくたびに男の子は竜《りゅう》をよんだが、竜《りゅう》はまだ一度も、モエたちのまえにすがたをあらわさなかった。

「おおい。出てこぉい。のぼっておいでえ」

それでもあきらめずに、男の子は池の底《そこ》によびかける。

「おおい。出てこぉい。のぼっておいでえ」

モエも、男の子のまねをする。

二人でよんでも、やっぱり竜《りゅう》はあらわれない。

「竜《りゅう》さん、出てこないねえ！」

モエががっかりしたようにいうと、男の子は、まじめくさった目でじろりとモエを見ていった。

「竜《りゅう》をよんでるんじゃないぞ」

「えっ？」

モエはおどろいて目を見はる。

「じゃ、だれ、よんでんの？」

男の子の口もとに、秘密《ひみつ》めいたほほえみがうかんだ。

「この池の底《そこ》より、もっと深いところでねむってるやつらじゃ。そいつらは、呪《のろ》いをかけられてねむってるんじゃ」

「のろい？」

のろいってなんだっけ、と思いながら、モエは男の子のことばに首をかしげた。

「年少さーん！　おべんとうのお時間ですよー！」

かきねのむこうに、サヤカ先生の声がひびいた。サヤカ先生が年少さんをよんでいる。

「じゃあね」

モエはいつものようにそういって、池のかたわらにたたずむ男の子をのこして歩きだした。

かきねのぬけ穴《あな》をくぐろうとするモエの耳に、男の子の声がかすかにひびいた。

「おおい。出てこぉい。のぼっておいでえ」

1 水曜日

モエは、よく約束《やくそく》を守った。一週間ものあいだ、男の子との秘密《ひみつ》をだれにもしゃべらなかったのだから、奇跡《きせき》みたいだ。

モエにとってのその一週間は、タクミやユイにとっての一か月より、もっと長い時間だった。ママやパパにとっての一年……いや、十年分ぐらいの重みがあったかもしれない。

でも、雨あがりの水曜日の夕方、ついに、ママがモエの異変《いへん》を察知《さっち》した。

「モエ。きょうは幼稚園《ようちえん》で、どんなお遊びをしてたの?」

洗濯《せんたく》ものをたたむママのお手つだいをしていたモエは、ぽかんとママの顔を見あげ、いそいで返事をした。

「いろいろだよ」

ママのセンサーが、たちまち、かくしごとの気配をキャッチした。

「いろいろ？」

モエはふつう、こんな答え方はしない。

たずねられれば、思いつくかぎりの幼稚園《ようちえん》でのできごとをならべたて、しゃべりつづけるはずだった。

ダイニングテーブルで、算数の問題集にとりかかっていたユイまでが、あやしい気配をかぎとって、小さな妹のほうに目をあげた。子ども部屋では、タクミがあしたのテストにそなえてリコーダーの特訓中《とっくんちゅう》だったので、ユイはしかたなく、算数の宿題をもってリビングに避難《ひなん》してきていたのだ。

「いろいろって？」

ママは、洗濯《せんたく》ものをたたむ手を休ませることなく、なめらかな口調でモエにたずねた。モエをじっと見つめるママは、まるで、あいての心の中までぜんぶ見通してしまいそうな目つきをしている。

モエはこまったように、ママを見あげていた目を、たたもうとしているバスタオルにお

とした。

「いろいろって、いろんなことってことよ」

「いろんなことって、どんなこと？」

ついにユイは鉛筆《えんぴつ》をおき、ママとモエとの攻《こう》防《ぼう》を見物することにした。

モエが、チューリップがらのバスタオルを二つにたたんで、もう一回たたんで、また一回たたんで、さらに一回たたんだ。これではたたみすぎだ。

ユイは〈やれやれ〉と、心の中でためいきをつく。

〈これじゃあ、あやしいって、ママにバレバレだよ〉

それにしても、モエはいったい、ママにもいえないような、どんな秘密《ひみつ》をかかえているのだろう？　とユイは首をかしげた。モエがママにかくしごとをするなんて、はじめてじゃないかな、と思う。

モエは、たたみすぎのバスタオルを、こんどはもとどおりに、ひらきにかかっている。

「えっとねえ、いろんなことってねえ。お絵かちとかねえ、おひめさまどっととか……」

「かきくけこ」の行の音が「たちつてと」の行の音になってしまうのは、モエがきんちょうしたときのくせだった。そわそわとおちつかないモエに、ママが質問《しつもん》をかさねる。

「そう。お絵かきとか、ごっこ遊びをしたのね？　でも、モエのスモック、どろどろだったわよ。なんか、お外で、どろんこになることとした？　このごろ、スモックがよくどろんこになってるけど」

モエは、はっとしたようにママを見つめた。どうやら、いまの質問《しつもん》は、モエがたいせつにかかえている秘密《ひみつ》にヒットしたらしい。

「えっとねえ……」

あきらかに思いあたることがあるようだ。ユイには、モエの心の中が見えるような気がした。いまごろ、モエの心の中では、天使と悪魔《あくま》が……いや、二人のモエがロープのひっぱりっこをしているのだろう。

〈ママにかくしごとなんて、しちゃダメだよ。なんでもお話ししなくっちゃ〉というモエと、〈ダメ、ダメ！　秘密《ひみつ》をしゃべっちゃうなんて、ダメにきまってるでしょう？〉っていうモエ。

それにしても……と、もう一度、ユイは首をかしげた。こんなにがんばって守らなくてはいけないモエの秘密《ひみつ》って、いったいなんなのだろう？　ユイの心の中で、好奇心《こうきしん》がむくむくとふくらんでいく。

モエが、きょうはもうおふろにはいってしまっていることを、ユイはざんねんに思った。ママは、モエを早めにおふろに入れていた。きっと、幼稚園《ようちえん》から帰ってきたモエが、どろんこだったたからなのだろう。

〈おふろにはいってなきゃ、手がかりをみつけられたのに……〉

ユイは、ママの親戚《しんせき》であるキツネ一族からうけついだ〝風の耳〟を、そっとすましてみた。風の耳というのは、風がはこぶ音や、においや、気配をキャッチする能力《のうりょく》だ。この能力《のうりょく》をつかえば、ユイにはいろんなことがわかった。モエが幼稚園《ようちえん》からくっつけて帰ってくるにおいをたどって、きっと、秘密《ひみつ》につながる手がかりだってみつけられただろう。

でも、いまのモエの体からは、石けんとシャンプーと、おやつに食べたチョコチップクッキーのにおいしかしなかった。

〈だめかあ……〉

ユイが、がっかりして、こっそりためいきをもらしたとき、追いつめられたモエが、もじもじしながら口をひらいた。

「あのね……。えっとね……。トンネルくぐったから、どろんこになっちゃったの」

「え？　トンネル？」

ユイは、おもわず口に出して聞きかえした。モエがバスタオルから目をあげ、ユイのほうを見る。

ユイとタクミも、モエが通う並木幼稚園《なみきようちえん》の卒園生《そつえんせい》だ。だからユイも、幼稚園《ようちえん》のようすならよくしっている。並木幼稚園《なみきようちえん》には、トンネルの構造《こうぞう》をもつ遊具や建造物《けんぞうぶつ》なんてなかったはずだ。少なくとも、ついひと月ほどまえ、モエの運動会の応援《おうえん》にいったときまでは、園庭も園舎《えんしゃ》も、ユイたちが通っていたころのままだった。

じぶんのほうを見ているモエに、ユイは聞いてみた。

「トンネルって、どこのトンネル？　幼稚園《ようちえん》にトンネルなんて、あったっけ？」

いよいよ、モエは窮地《きゅうち》に追いこまれたようだった。バスタオルをのりまきみたいにぐるぐるまいたり、のばしたりしている。

そして、ものすごく小さな声で早口に、モエはこたえた。まるで、そうすればピンチからにげきれるとでも思っているように。

「かちねの、下んとこの、トンネル」

「え？　かきねの下のとこ？　でも、あそこって、ネットはってなかったっけ？」

ユイはそういいながら、こまったようなモエの顔を見て、やっとだいたいの事情《じじょう》がわかった気がした。幼稚園《ようちえん》には、かきねは一か所しかない。園のとなりにある園長先生の家と園庭をしきる、カイヅカイブキのかきねだ。どうやらモエは、そのいけがきの木の根もとを通りぬけたらしい。根もとにはられたネットのどこかに、たぶん、くぐりぬけられそうな穴《あな》か、すきまをみつけたのだろう。きのうの雨で、けさはまだ地面が完全《かんぜん》にかわききっていないのに、そんなところにもぐりこんだりするから、スモックがどろどろになってしまったのだ。そのすきまをくぐりぬけた先にあるのは、もちろん園長先生の家だ。

ママも事情《じじょう》を察《さっ》したらしく、洗濯《せんたく》ものをたたむのを中断《ちゅうだん》して、じっとモエの目をのぞきこんだ。

「モエ。あなた、かきねの下をくぐって、かってに園長先生のおうちにはいりこんでるの？　園長先生のおうちには、かってにはいっちゃいけないのよ」

「おうちじゃないよ。お庭だよ」

そういいかえしてから、モエは、「あ……」というような顔をして、じぶんの口を両手でふさいだ。

ユイが横から口をはさむ。

「お庭でもダメなの。あそこのかきねの門には、いつも鍵《かぎ》がかかってるでしょ？　あっちに、はいっちゃダメってことだよ。いったい、園長先生の家の庭なんかにはいりこんで、モエ、なにしてるわけ？」

「ないしょ」

口をふさいだまま、もごもごとモエがいった。

「いわないって、お約束《やくそく》したんだもん。秘密《ひみつ》のトンネル通ってどこいったか、ないしょだもん」

そのことばを聞いて、〈ははーん〉と、ユイは心の中で思った。

〈つまり、共犯者《きょうはんしゃ》がいるってことだ〉

モエは、だれかと秘密《ひみつ》を共有《きょうゆう》しているらしい。そのだれかといっしょに、かきねのトンネルから園長先生の家に出入りしているのだろう。共犯者《きょうはんしゃ》に、そのことを口どめされているのだ。

ママが、またしずかに口をひらいた。

「モエ。いい？　いくら園長先生のおうちでもね、よその人のおうちには、かってにはいっちゃいけないのよ。もちろん、お庭もね。よそのおうちや、お庭にはいっていいのは、そのおうちの人が、『どうぞ、いらっしゃい』っていってくれたときだけなの。だから、もうやめましょうね。もし、お友だちにさそわれても、『いかない』っていわなくちゃね」

ママがモエをさとしているさいちゅう、ピーヒャラと笛の音をひびかせて、タクミがリビングにやってきた。

「ね、ね。一回、聞いて。課題曲《かだいきょく》ふくからさ」

そういったところで、タクミは、ママとユイとモエの顔を見まわし、たちまち、いつもとちがう空気に気づいたらしい。

「え？　なに？　なんかあったの？　だれか、ママにおこられてんの？」

笛をふくのもわすれたように、タクミはきょうみしんしんで、みんなのようすをうかがっている。

「おこってるんじゃなくて、モエに説明《せつめい》してたとこよ」

ママがそういうと、さらにタクミは、「なにを？」とつっこんだ。

しかたない、というようにママがしゃべりだす。

「あのね、モエがお友だちといっしょに、幼稚園《ようちえん》のかきねの下のネットのすきまから、ときどき、園長先生のおうちのお庭のほうに、おじゃましてたみたいなの。だから、かってによそのおうちにはいったらだめよって、いってたとこ」

「なぁんだ、モエも、もぐりこんだのかあ」

タクミはけろりとした顔で、そういってのけた。

「え？『モエも』って？」

ユイが聞きかえす。

「モエもって、まさか、あんたも、もぐりこんだことあるの？」

「あるよお」

タクミは、なんだかとくいそうにむねをはる。

「ぼくは、かきねの門をのりこえたんだけどね……」

「うそでしょ？」

ユイは非難《ひなん》をこめて、弟をにらんだ。タクミが、びっくりしたようにユイを見る。

「え？　おねえちゃん、園長先生んちに、はいってみたことないの？」

「ないにきまってるでしょ？　あっちにいっちゃダメって、いわれてたよね？」

タクミは、ユイのことばに首をかしげた。

「ダメっていわれてたっけ？　門に鍵《かぎ》はかかってたけど……」

ユイは、むかっとしながらいいかえす。

「鍵《かぎ》かかってるってことは、はいっちゃダメってことでしょ？　そんなことも、わかんないの？」

「だって、ちっちゃかったんだもん、あのときのぼく……」

「まったく、あなたって子は……」といったのは、ユイではなくママだった。

「いま、ママは、モエにいってるのよ。よその家に、許可《きょか》もなく、かってにはいっちゃダメって。おにいちゃんがそういうことというと、モエが混乱《こんらん》するでしょ？」

「まさか、いまは、そんなことしないよお。かってに、ひとんちにはいったりするわけないでしょ？」

タクミはママにいいかえした。

「だけど、チビのときってさ、どっからどこまでが幼稚園《ようちえん》か、よくわかんなかったもん。それに、鍵《かぎ》がかかってる門とかあると、そのむこうに、なんかすごい秘密《ひみつ》があるんじゃないかって思ったりするんだ。けっきょく、なんにもなかったけどね」

そのとき、モエが口をひらいた。両手を口からはなし、がまんできなくなったのか、タクミに質問《しつもん》を投げかけた。

「竜《りゅう》の池は？」

みんなが、いっせいにモエを見る。モエはしんけんな目で、タクミを見つめていた。

「竜《りゅう》の池にいった？　お庭のすみっこの池。タクミにいちゃん、竜《りゅう》、見た？」

「え？　竜《りゅう》の池？　竜《りゅう》？」

タクミは、あやしむように妹の顔をまじまじと見つめ、首をかしげた。

「池って、あの庭のすみっこのちっちゃい池？　竜《りゅう》なんていないよ。あんなちっちゃい池に、竜《りゅう》なんているわけないじゃん」

「竜《りゅう》、いるもん！」

モエはむきになっていった。さっきまで、せっかくじぶんの中にとじこめていた秘密《ひみつ》を守ることも、わすれてしまったようだ。

「お友だちが、見たことあるっていってたもん。むかしむかし、大きい池に、竜《りゅう》がすんでたんだって」

「竜《りゅう》？　むかしむかし？　お友だちが見たって、いつ？」

タクミが追及《ついきゅう》すると、モエはぐっとことばにつまり、しょんぼりして首を横にふった。

「わかんない。むかし、見たんだって……」

「お友だちって？」

ママがしずかにたずねた。

「お友だちの男の子」

「だれ？　なんていう子？　おなじクラスの子？」

ユイも質問《しつもん》したが、モエは、その子の名前をこたえられないようだった。

「ちがう組の子……」とだけいって、だまりこんでしまった。

タクミが、だまりこむモエを見て、おとなぶったちょうしで口をひらいた。

「ばっかだなあ。そんな作り話をしんじるなんて。モエも見たんだろ？　あんなちっちゃい池に、竜《りゅう》なんてすめないよ。すんでるのは金魚かコイ。せいぜいカエルぐらいだって」

タクミがそういいおわったとたん、モエは、はっといきをのみ、目をまんまるにして、ユイたちの顔を見まわした。

そして、いまにも泣《な》きだしそうな顔になって、両手を口もとにもっていった。

「たいへん。モエ、カエルの口になっちゃうよ。お約束《やくそく》を守らないと、カエルの口になっちゃうの。だってね、指きりげんまんで、あの子がそういったんだもん。『カエルの口になぁれ』って……」

タクミが口にした「カエル」ということばが、モエの心の中にふたたび、友だちとの指きりの約束《やくそく》をよびさましたらしい。

「なんだよ、それ？」

タクミがしかめっつらをする。

「へんなの。そんなげんまん、ある？　ふつうは、『うそついたら、針《はり》千本のーます』でしょ？　『うそついたら、カエルの口になぁれ』なんて、聞いたことないよ」

「カエルさんの口になっちゃう……。カエルさんの口になっちゃう……」

モエが、ベソをかきながらつぶやいた。

「だいじょうぶ、だいじょうぶ」

ママがモエをなだめるようにいった。

「カエルさんのお口になんか、なってないわよ。ちゃんと、いつものお口のままだから、心配しなくてもだいじょうぶよ」

ユイは、モエをそそのかした男の子にはらがたった。いるはずのない竜《りゅう》を見たなんていってモエをそそのかし、じぶんの冒険《ぼうけん》にまきこむなんて。それを口どめするために指きりまでさせて、約束《やくそく》をやぶったらカエルの口になるぞって、おどしたのだろう。

「モエ、へいきだってば。うそつきは、その子のほうだよ。竜《りゅう》なんていないのに、竜《りゅう》を見た、なんていったんでしょ？　そんな子との指きりなんて、無視《むし》、無視《むし》！」

けっきょくママは、モエを洗面所《せんめんじょ》までつれていって、鏡《かがみ》を見せてやらなければならなかった。鏡《かがみ》にうつったじぶんの口が、カエルの口なんかではなく、いつもどおりの形をしているとわかって、モエはやっと安心したようだった。

「さあ、だいじょうぶだったでしょ？　じゃあ、ちゃんとお話ししてくれるわね？」

ママは、あらためてモエにたずねた。

「園長先生のおうちの庭にいって、なにしてたの？」

モエは、まだ少し不安《ふあん》そうにもじもじしながら、ママの質問《しつもん》にぽつり、ぽつりとこたえはじめた。

「えっとね……、お池、見てたの。『おおい。出てこぉい。のぼっておいでえ』っていって、見てたの」

「その子がいったの？　『おおい。出てこぉい』っていったのね？」

確認《かくにん》するママにうなずいて、モエはつづけた。

「モエもいったよ。『おおい。出てこぉい。のぼっておいでえ』って……。でもね、竜《りゅう》じゃないんだって。モエは、竜《りゅう》さんに『出てこぉい』っていったけど、竜《りゅう》さんはね、出てこなくて、お友だちは、竜《りゅう》さんをよんでるんじゃないもん、ていったの」

「じゃ、なにをよんでたの？」と、ユイが口をはさむ。

モエは、むずかしい顔になって「うーん」と考えこみ、記憶《きおく》の糸をたぐっているようだった。

「えっとね……」

やがて、モエが口をひらいた。

「お池の底《そこ》のね、もっと底《そこ》のとこで、ねんねしてるだれかをよんでるんだって」

タクミがあきれたように、モエのことばをくりかえす。

「お池の底《そこ》の、もっと底《そこ》？　なんだ、それ？」

ざんねんながらモエは、男の子がいっていた、その先のことばを思い出すことができなかった。〝そいつらは、呪《のろ》いをかけられてねむってるんじゃ〟ということばを。

「底《そこ》の底《そこ》で、ねんねしてるやつって、なんだ？　モグラ？　……ミミズ？」

だから、タクミが首をかしげながらそういっただけで、その話はおしまいになってしまった。

モエはやっと、みんなの追及《ついきゅう》から解放《かいほう》され、ママは夕飯《ゆうはん》のしたくにとりかかった。

「それにしても、へんな話ねえ。なんだか気になるわ」

ママが、トンカツをあげながらつぶやいた。

「なにが？」

テーブルの上をふきんでふきながら、ユイが聞きかえすと、ママは油なべから目をあげていった。

「げんまんよ。指きりげんまんのこと。その子は、どうしてまた、『カエルの口になぁれ』なんていったのかしら？」

「ただおもしろがって、でたらめなこと、いっただけなんじゃない？」

そういいながらユイも、なにかひっかかるものを感じていた。

「とにかく、あした、幼稚園《ようちえん》にモエを送っていくとき、いっしょにかきねをくぐりぬけてる子をみつけださなくちゃね」

ママがいった。

「名前はわからなくても、顔を見たら、モエもどの子かわかるでしょうから……。その子にもいっておくわ。もう、園長先生のおうちのほうにいっちゃだめよって」

「でも、ママがその子に注意したら、モエがチクったって思われるよ」

テーブルをふき終えたユイが、テレビを見ているモエに聞こえないように、低《ひく》い声でそういったときだった。

とつぜん、リビングのソファの上に、お客さまがあらわれたのである。

「ひさしぶりだな、みなのしゅう」

なんだか、時代劇《じだいげき》のせりふみたいなことばとともにあらわれたのは、キツネのすがたの鬼丸《おにまる》おじいちゃんだった。

「おじいちゃんだあ！」

モエがうれしそうにさけんだ。

「あ、おじいちゃん。いらっしゃい」と、ユイもあいさつをした。

「お父さんたら、また、きゅうにくるんだから」

「みんな、元気だったかな？」

ママのもんくを無視《むし》して、鬼丸《おにまる》おじいちゃんは、でっかいしっぽをソファの上でひとふりした。

「え？　おじいちゃんがきたの?!」

リコーダーの練習をふたたび中断《ちゅうだん》して、タ

クミがリビングに飛《と》びこんできた。

「おじいちゃんだ！　おじいちゃんだ！」

モエは大はしゃぎで、おじいちゃんのことを熱烈歓迎《ねつれつかんげい》する。子猫《こねこ》のように、おじいちゃんのしっぽにじゃれつき、キツネの首っ玉にだきつこうと手をのばしている。

「お父さん。ここにくるときは、ちゃんと人間に化《ば》けてきてって、いってるでしょ？　どうしていつも、キツネのかっこうのままで出てくるのよ、ちゃんと……」

そういいかけたママのことばは、そこでプツンととぎれてしまった。

ユイとママとタクミと、モエの目のまえで、しんじられないことがおこった。

大はしゃぎのモエが、鬼丸《おにまる》おじいちゃんのとんがった鼻づらにキスをした瞬間《しゅんかん》だった。

鬼丸《おにまる》おじいちゃんのすがたは、こつぜんとソファの上から消えうせ、かわりに、一ぴきのでっかいガマガエルが、そこにすがたをあらわしたのである。

「え？」と、みんなは目を見はった。一瞬《いっしゅん》、なにがおきたのか、だれも理解《りかい》することができなかった。

タクミが、ソファの上のガマガエルをまじまじと見つめながら、口をひらいた。

「……おじいちゃんは？　いま、ここにいたよね？　もう帰っちゃったの？　こいつはなに？」

「おい、おい、おい」と、ガマガエルがしゃべった。

「なにをいうとる。わしは、ここにおるじゃないか。帰っちゃったとは、どういうことじゃ？」

「え？」

もう一度、みんなは、さっきより大きく目を見はった。

モエが、じぶんのすぐまえにでんといすわるガマガエルに、おずおずとよびかけた。

「おじいちゃん……」

「おじいちゃん……？　カエルに、化《ば》けたの？」

「おい、おい、おい」と、またガマガエルがしゃべった。その声は、やっぱり、まちがいなく鬼丸《おにまる》おじいちゃんの声だった。

「なにをいうとるんだ？　わしが、カエルなんぞに化《ば》けるわけがないじゃろう？　いったい、なんの話をしとるんじゃ？」

「えっ？　ええっ?!　えええーっ!!」

ついに、タクミが絶叫《ぜっきょう》した。

「たいへんだ！　おじいちゃんが、カエルになっちゃった！」

「でも……なんで？」

ユイはしんじられない思いで、ガマガエルを見つめながらつぶやいた。

キッチンから、カウンターごしに身をのりだしたママが、ささやくような声でいうのが聞こえた。

「……カエルの口……。もしかしたら、カエルの口って、このことだったのかもしれない……」

2
呪《のろ》い

その夜、パパは八時すぎに家に帰ってきた。

「ごめん、ごめん。もうみんな、夕食終わったよね？　講義《こうぎ》のあと、学生と面談してたもんだから……」

ユイたちのパパは、植物学を教える大学の先生なのだ。夕食におくれたことをあやまりながら玄関《げんかん》をはいってきたパパは、家の中にただよう微妙《びみょう》な空気に気づいて、リビングのまえで足をとめた。

「なんかあったの？」

玄関《げんかん》までパパをむかえに出たママは、こまったような顔をして、パパのうしろに立って

いた。

ユイとタクミは、なにかいいたそうなようすで、リビングの入り口につっ立っている。いつもなら、まっ先にパパのもとにかけよってくるはずのモエまでもが、ユイのうしろから顔をのぞかせているだけで、足をふみだそうとするようすはなかった。三人でかたまって立つ子どもたちは、その背後《はいご》に、なにか秘密《ひみつ》をかくしているようだった。

ユイは、パパのむねが不安《ふあん》にキュッとちぢこまるのが見えるような気がした。パパは、なにかよくないことがおこったのを察《さっ》したようだ。しかも、それがおそらく、ママの親戚《しんせき》関係《かんけい》のトラブル……、いや、親戚《しんせき》がもたらした災《わざわ》いだと気づいたらしい。信田家《しのだけ》に災《わざわ》いをはこんでくるのは、まずまちがいなく、ママの親戚《しんせき》のうちのだれかだったからだ。

パパは、おそるおそる、ゆっくりママのほうをふりかえった。

「えーと、だれか……、それとも、なにか、きてるのかな？　うちのリビングに……」

「そうなの。それがね、じつは、ちょっとやっかいなことに……」

ママが心を決めてしゃべりだそうとしたとき、リビングの中から、鬼丸《おにまる》おじいちゃんの声がした。

「わしじゃ。おそかったな、ムコどの」

「なんだ……」

パパは、ほっとしたようにわらった。来客の正体が鬼丸《おにまる》おじいちゃんなら、ありがたくはないが、最悪《さいあく》ではないと思ったのだろう。

「お義父《とう》さん、いらしてたんですか。すみません、おそくなっちゃって」

「パパ、あのね……、鬼丸《おにまる》おじいちゃんがね……」

ユイは、リビングにはいってくるパパに、いそいで事情《じじょう》を説明《せつめい》しようと早口に語りかけた。

道をあけた子どもらのあいだを通って、テレビのまえに進みでたパパは、ソファの上を見るなり、「あれ?」と首をかしげてかたまった。

「お義父《とう》さんは?」

そのソファは、鬼丸《おにまる》おじいちゃんのいつもの指定席《していせき》だった。おじいちゃんは、ユイたちの家にやってくると、キツネのすがたのまま、だらしなくそこにねそべってテレビを見るのが恒例《こうれい》だったからだ。

しかし、今夜、テレビのまえのソファにだらしなくねそべっているのは、キツネではなかった。大きなガマガエルが、てらてらとしたはらを見せ、ふんぞりかえってテレビを見

ていたのである。

「よう」と、ガマガエルが、パパにむかって片《かた》手《て》をあげた。

「え？」

パパは眼鏡《めがね》に手をかけ、しゃべるガマガエルをつくづくながめた。きっと、じぶんの見たものがしんじられなかったのだろう。

ユイよりも早く、タクミが口をひらいた。

「あのね、パパ。鬼丸《おにまる》おじいちゃんがね、カエルになっちゃったんだよ。化《ば》けてるんじゃないんだ。カエルに変《か》えられちゃったっていうこと」

パパは、おどろきの目をタクミにむけた。ことばをはきだそうとするように口をぱくぱくさせ、ごくりとつばをのみこみ、もう一度、あらためてカエルを見る。

「どうやって？」

やっとの思いでそういったパパの目は、カエルにくぎづけになっていた。

「あのね……」

モエが足もとから、しんこくなようすでパパを見あげていった。

「モエがチューしたら、カエルになっちゃったの。モエ、カエルのお口になっちゃったの。お友だちのお約束《やくそく》、やぶったから……」

「ん？　え？　う？」

パパは目をパチクリさせながら、じぶんの足もとのモエと、ソファの上のカエルと、家族一同の顔を、答えをもとめるように見まわした。

「モエのチューで、おじいちゃんがカエルになったって？　まさか、そんなこと……」

パパがいいかけたことばをひきとって、ママがうなずいた。

「ところが、そのまさかなの。まさか、こんなことがおきるなんて、しんじられないんだけど、ほんとうにおこったのよ」

パパは、ガマガエルにすいよせられそうになる目をひっしにひきはなし、ママの顔を見つめた。

「じゃ……、あれが？　あそこでふんぞりかえってるカエルが、鬼丸《おにまる》お義父《とう》さんだっていうのかい？」

「そう」

ママ、ユイ、タクミ、モエが、そろってうなずいた。

「モエがキスしたら、お義父《とう》さんがカエルになったって……、つまり、そういうことなんだね？」

「そう」

もう一度、四人がうなずく。

「いや……だけど……、そんなこと……」

パパは力なく頭を横にふった。

「そんなの、聞いたことないぞ。カエルの王子さまが、お姫《ひめ》さまのキスで人間のすがたにもどったっていう童話ならしってるけど、モエのキスで、どうしてお義父《とう》さんが……人間からカエルに……、いや、キツネからカエルのすがたになっちゃったりするんだ？」

「呪《のろ》いだよ、パパ」

タクミが、もっともらしく説明《せつめい》する。

「指きりげんまんの呪《のろ》い。モエったらさ、幼稚園《ようちえん》の友だちと、ぜったいだれにも秘密《ひみつ》をしゃべらないって、約束《やくそく》したんだって。指きりしてね。そのときの呪文《じゅもん》が、『うそついたら、カエルの口になぁれ』だったんだって。だから、そのせいで、カエルの口になったんだ」

「秘密《ひみつ》をしゃべらない？　カエルの口？」

パパがモエを見ると、モエははずかしそうに、もじもじとして、両手でじぶんの口をかくしてしまった。

「べつに、変《か》わったところはないよ。いつもどおりの口に見えるけどなあ……。だいたい、モエがしゃべった秘密《ひみつ》っていうのは、いったい……？」

いいかけるパパのことばをさえぎって、また、タクミが説明《せつめい》をかってでた。

「あのね、モエさ、友だちの男の子と二人で、幼稚園《ようちえん》のかきねの下のネットのすきまから、こっそり園長先生んちの庭にもぐりこんでたんだよ。その子から、そのことを口どめされてたのに、しゃべっちゃったから、カエルの口になったたっていうわけ」

パパが、ぽかんとした顔になる。

「なんだい、それ？　たったそれだけ？　そんな秘密《ひみつ》をしゃべったぐらいで、カエルの口にされたら、たまらないな」

ママが横から、パパのために補足《ほそく》した。

「カエルの口っていうのは、どうやら、カエルみたいな口っていうことじゃなくて、キスしたあいてを、カエルに変《か》えてしまう口っていうことだったみたいなの」

ユイも口をはさむ。

「あのね、おじいちゃんがカエルになったあと、いろいろ実験《じっけん》してみたんだよ。そしたら、やっぱりそうだったの。モエがキスすると、あいてがカエルになっちゃうってこと」

「え？」

パパは、ユイのことばにぎょっとして、家の中を見まわした。

「ほかにもいるってこと？　だれか、実験《じっけん》でカエルになった人がいるのかい？」

「ううん、まさかあ。人間でためしたりしないよ」

ユイは、パパの心配をうちけしてから、いいたした。

「カエルになったのは、パパの鉢植《はちう》えのサボテン。ほら、とげのないサボテンがあったでしょ？　それにモエがキスしたら……ほら」

ユイはいいながら、リビングのすみっこにおいてあるプラスチックケースを指さした。

「アマガエルになっちゃったの。ね、あそこに、はいってるでしょ？」

パパは近よっていって、ケースをのぞきこみ、ひらべったい石のかげでじっとしている小さなアマガエルをつくづく見つめて、うなった。

「うーん……。これが、ぼくのカニサボテンの変身《へんしん》したすがたか……」

タクミが説明《せつめい》をくわえる。

「サボテンはカエルになったけど、なべつかみとかスプーンは、カエルにならなかったんだよ。どうやら、カエルの口の呪《のろ》いがきくのは、生きものだけらしいんだ。生きてるものにモエがキスすると、そいつがカエルになっちゃうんだ」

タクミのことばを証明《しょうめい》するように、モエが、ソファの上のクッションに顔をくっつけて、キスをしてみせた。

チュッと音をたててモエがくちびるをくっつけても、クッションにはなんの変化《へんか》もあらわれなかった。

そのクッションをだいたまま、モエがパパに報告《ほうこく》する。

「クッキーも、だいじょうぶなの。トンカツも、だいじょうぶだったよ」

「食べものがカエルにならなくて、ほんとうによかったわよ。食べものまでカエルになっちゃってたら、モエはおなかがへっても、ごはんも食べられなかったわけだから」

ママが、しみじみとそういった。

みんなの話をひととおり聞き終えたパパが、考えこむように首をかしげ、口をひらいた。

「いったいぜんたい、どうして、たかが子どもどうしの指きりげんまんの約束《やくそく》ぐらいで、こんなことになるんだ？　ぼくだって小さいころには、かぞえきれないぐらい友だちと指きりをして、そりゃ、たまには、うっかり約束《やくそく》をやぶったりしたけど、いままで一度だって、針《はり》千本のまされたことなんてないぞ」

「そこが問題なのよ」と、ママがいった。

「指きりをしたあいてに、なにか特別《とくべつ》な力があったとしか考えられないわ。これは一種《いっしゅ》の呪《のろ》いなのよ。その子が、モエに〝カエルの口の呪《のろ》い〟をかけたのよ」

「少し、しずかにしてもらえんか」

カエルのおじいちゃんが、もんくをいった。テレビでは、おじいちゃんお気に入りの時《じ》代劇《だいげき》がクライマックスをむかえようとしていた。

パパは、おじいちゃんのテレビ鑑賞《かんしょう》に気をつかったのか、それとも、おじいちゃんに聞かれたくなかったからなのか、ぐっと声をひそめてママにささやいた。

「それで、どうするんだい？　お義母《かあ》さんに連絡《れんらく》したほうがいいんじゃないか？　だって……まさか、あのまま、ほっとくわけにはいかないだろ？　お義父《とう》さんだって、のこりの一生をカエルとして、このマンションでくらしたくはないだろうし……」

ママも声をひそめて、パパにこたえた。

「山には、しらせるなっていうのよ。わたしも、母さんに相談したほうがいいと思うんだけど、あんなすがたになったことを、キツネ一族の仲間《なかま》には、ぜったいしられたくないんですって。父さんて、がんこで見えっぱりだから……」

「だけど、それじゃあ、どうするんだい？　きみの親戚《しんせき》の力をかりられないとなると、いったいどうやって、お義父《とう》さんやカニサボテンを、もとのすがたにもどせばいいんだろう？」

とほうにくれるパパに、ママがいった。

「とにかく、まず、指きりをしたあいてをさがしだすのが先決《せんけつ》だと思うわ。そうすればきっと、呪《のろ》いをとく手がかりもみつかると思うの……」

モエは、おじいちゃんとならんで時代劇《じだいげき》を見はじめた。ママは、パパのごはんの用意にとりかかり、ユイとタクミは、なんとなく、カエルになったおじいちゃんから目をはなせない気がして、じぶんたちの部屋に帰れずにいた。

手あらいとうがいをしに洗面所《せんめんじょ》にいったパパは、ぬれタオルをもってリビングにもどってきた。

「お父さん、体がかわきますよ」

ふんぞりかえっているガマガエルに、パパがタオルをそっとかけてやろうとしたときだった。

「災《わざわ》いがくるよ！」

まがまがしい予言とともに、ホギおばさんが突如《とつじょ》、リビングの入り口にすがたをあらわした。

「わっ！」とパパがさけんだのは、ホギおばさんの出現《しゅつげん》におどろいたからではない。

ホギおばさんからかくれるために、ガマガエルのおじいちゃんが、すばやくパパのジャケットのふところに飛《と》びこんだせいだ。

「出たぁ……」

タクミが、こっそりつぶやくのが聞こえた。

「ホギおばさん、こんばんは」

ユイがあいさつをすると、ソファの上のモエも、「こんばんは」とおじぎをした。

ホギおばさんは、キツネ一族の親戚《しんせき》で、不吉《ふきつ》な予言をつげるために、人間に化《ば》けて、ときどき、ユイたちのマンションにやってくる。

今夜もホギおばさんは、ユイやモエにあいさつをかえそうとはしなかった。黒いローブを身にまとったおばさんは、右手に水晶玉《すいしょうだま》をもち、左手を高く天井《てんじょう》にむかってつきあげ、だれもたのんでいないのに、おとくいの予言を高らかにつげはじめた。

「災《わざわ》いがくるよ！　この家は、黒い災《わざわ》いの影《かげ》におおわれている！　みんな、気をつけるんだ！　もうじき、おそろしい災《わざわ》いが、おまえたちの上にふりかかるだろう！」

「うひょほほ」とパパがわらったのは、ホギおばさんの予言がおかしかったからではない。ジャケットのふところにはいりこんだガマガエルのおじいちゃんが、もぞもぞとうごいて、パパのわきばらをくすぐったせいだ。

しかし、ホギおばさんは気を悪くしたらしく、わらい声をたてたパパをじろりとにらみ、天井《てんじょう》をさしていた指の先を、パパのむなもとにつきつけた。

「なにをわらっているんだい？　災《わざわ》いは、もうすぐそこにきているよ。ほら、もう、おま

えのふところにはいりこんでいる」

「あたってるかも……」

ユイはおもわずつぶやいて、ガマガエルでふくらんだパパのジャケットのおなかのあたりをちらりと見た。ガマガエルのおじいちゃんが、またジャケットの中でうごいたので、パパはくすぐったいのをがまんして、両手でひっしにおなかをおさえている。

ホギおばさんが、そんなパパをあやしむように見た。

「おやおや、あんた、ちょっと太ったんじゃないかい？　上着がはちきれそうになってるじゃないか」

「いいえ、太ってなんかいませんよ」

パパがおばさんの目をごまかすために、力いっぱいジャケットをおさえつけると、おじいちゃんが、「グエッ」とへんな声を出した。

ホギおばさんは、いよいよ不審《ふしん》そうにパパを見つめている。

「いま、なんかいったかい？」

「いいえ」

パパは、きっぱりと首を横にふった。

「おなかが……おなかが鳴ったんですよ。おなか、へってるもんで……」

「あなた、いま、トンカツがあがったわよ。もうちょっとまっててね」

ママも、おばさんをごまかそうと、キッチンから参戦《さんせん》する。

ホギおばさんは水晶玉《すいしょうだま》をかかえたまま、ふん、ふん、ふんと鼻を鳴らした。まるで、かくしごとのにおいをかぎとろうとしているみたいだ。ゆだんなく室内を見まわしながら、ホギおばさんがいった。

「おや？　鬼丸《おにまる》のにおいがするねえ」

信田家《しのだけ》一同が、ギクリと顔を見あわせた。

「鬼丸《おにまる》がきてるのかい？　すがたが見えないようだけど」

ホギおばさんは、ママのお母さんの妹だ。鬼丸《おにまる》おじいちゃんとは、義理《ぎり》のきょうだいということになる。だからもちろん、鬼丸《おにまる》おじいちゃんのにおいなら、ようくしっているわけだ。

〈ああ、バレちゃった……〉と、ユイがあきらめかけたとき、タクミが口をひらいた。

「そういえばさ、ホギおばさんて、呪《のろ》いとか魔術《まじゅつ》とかにくわしいよね。ひょっとして、あの呪《のろ》いのことも、しってるかなあ……」

ひとり言のようにつぶやいたタクミのことばを、ホギおばさんは聞きのがさなかった。

「あの呪《のろ》いって、どの呪《のろ》いだい？」

鬼丸《おにまる》おじいちゃんのにおいを追いかけることもわすれて、ホギおばさんは、じっとタクミの顔を見た。

ホギおばさんには、大すきなことが二つある。一つは、不吉《ふきつ》な予言をつげること、もう一つは、じぶんの知識《ちしき》や力をひけらかすことだ。一つめの、予言をつげるチャンスは、しょっちゅうめぐってきたが、二つめのひけらかしのチャンスは、めったにめぐってこないようだった。だからこそ、おばさんは、タクミのことばにとびついたのだろう。

タクミは、それをよくしっていて、わざとホギおばさんをじらしにかかった。

「いや……、でもなあ……。きっと、しらないよなあ……。いままで聞いたこともない呪《のろ》いだしなあ……。いくらホギおばさんでも、きっと、しってるわけないよ」

「ああ、じれったいね」

ホギおばさんは、リビングのゆかの上で地団駄《じだんだ》をふんだ。

「早く、おいいよ。どんな呪《のろ》いなんだい？」

タクミは、ホギおばさんが、しっかりえさにくいついたのを確認《かくにん》してから、ぽつりとことばをはきだした。

「カエルの口の呪《のろ》い」

ホギおばさんは、まるでタクミのことばをかみしめるように、口をもごもごうごかした。なにかしきりに考えこみ、頭のどこかにしまいこんだ呪《のろ》いの知識《ちしき》をひっぱりだそうとしているのだろう。

「カエルの口の呪《のろ》いねえ……」

やがてホギおばさんは、みけんにしわをよせ、もったいぶったようすでつぶやいた。

「聞いたことはあるけどねえ……」

「え？　ほんと？」

タクミが目をまるくして、ユイと顔を見あわせるのをながめ、こんどはホギおばさんが、じらすように、にんまりとわらう。

「でもねえ……。まあ、すっごく、よくしってるっていうわけじゃないよ。だって、あたしたちキツネみたいに山でくらす者たちは、そんな呪《のろ》い、つかわないからね。その呪《のろ》いは、山の者たちの呪《のろ》いじゃないんだよ」

「じゃ、だれの呪《のろ》いなの？」

ユイがおもわず聞きかえした。

おばさんは、手の中の水晶玉《すいしょうだま》をいじくりまわしながら、答えをまつ信田家《しのだけ》の面々をにんまりとながめている。そして、注目されるのにじゅうぶん満足《まんぞく》すると、やがて重々しいちょうしで、ひと言つげた。

「水の仲間《なかま》たちの呪《のろ》いさ」

「水の仲間《なかま》たち？」

ユイとタクミが声をそろえ、顔を見あわせると、ホギおばさんはうなずいてつづけた。

「水の仲間《なかま》たちのあいだにつたわる話を、まえに耳にしたことがあるんだよ。古い池の主《ぬし》にまつわるいいつたえさ。その主《ぬし》はね、たいそう強い魔力《まりょく》をもっていたんだってさ。だれか、池に近づいて、うっかり主《ぬし》をおこらせるようなものがあると、そいつはたちまち、魔力《まりょく》で石に変《か》えられてしまった。人間でもキツネでも、シカでもサルでもね。だから、その池のまわりには、大小さまざまな石がころがっていた。魔力《まりょく》で石に変《か》えられたやつらがごろごろしていたんだよ」

ユイは心の中で、おもわずつぶやいた。

〈でも、それは、モエがかけられた呪《のろ》いとはちがう。だってモエは、石に変《か》えられたわけ

じゃないんだもん……〉

　ホギおばさんは、しゃべりつづけた。

「さて、ところがね、そんな池の主《ぬし》が、あるとき、人間の美しいむすめに恋《こい》をしたんだ。そのむすめは、主《ぬし》のくらす池の近くの林に住む子でね、そりゃあ評判《ひょうばん》の美人だったそうだよ。野良仕事《のらしごと》をする父親のところに、日に一度、にぎりめしをとどけにいくのが、そのむすめの日課《にっか》だったんだけどね、畑にむかうとちゅう、池のそばを通るせいで、池の主《ぬし》は毎日、毎日、むすめのすがたを見ていたわけさ。そして、とうとうがまんできなくなった池の主《ぬし》は、ある日、人間の美しい若者《わかもの》にすがたを変《か》えて、むすめのまえに出ていったんだよ。むすめも、その若者《わかもの》のことをたちまちすきになってしまった。まあ、人間のわかい女の子なんてさ、かっこいい男の子から声をかけられれば、コロッとまいっちまうものだからね」

　ホギおばさんは、半分人間の血が流れているユイのことをじろじろながめながら、そういった。

〈かっこいい男の子に弱いのは、スーちゃんでしょ。スーちゃんは人間じゃなくて、キツネだけどね〉

ユイは、ママの妹のスーちゃんのことを考えながら、心の中でつっこんだが、もちろん口には出さなかった。ホギおばさんがまた、しゃべりだす。

「さて、それからというもの、二人は毎日、池のほとりでデートをするようになった。そのうち、だんだんむすめは、その若者《わかもの》のことをふしぎに思うようになってきたんだよ。だって、何回もあっているのに、若者《わかもの》がどこに住んでいるのか、どこからくるのか、まったくわからないうえに、デートのあとで、むすめが池のほとりをはなれてからふりかえってみると、若者《わかもの》のすがたは、もうどこにも見えなくなっているんだからね。ある日、ついにむすめは、思いきって若者《わかもの》にたずねた。『あなたは、いったい、どこのだれなんですか？』ってね。池の主《ぬし》は、もちろん、なかなかじぶんの正体をあかそうとはしなかったんだけどさ、むすめが何度も何度もたずねるうちに、しかたなく白状《はくじょう》したわけさ。『わたしはじつは、人間ではなく、この池の主《ぬし》なんだ』ってね。するとこんどは、せむすめは、その男のほんとうのすがたをしりたがったんだよ。本性《ほんしょう》を見せてくれと、せがんだのさ。とうとう池の主《ぬし》は、むすめの願《ねが》いを聞きいれた。もし、むすめがじぶんのすがたを見ても、おどろいたり、おそれたりしないとちかうなら、真実のすがたを見せようといったんだ。もちろんむすめは、若者《わかもの》の正体を見ても、ぜったいにおどろいたり、おそれたりしないとちかったよ。だけどね、若者《わかもの》がほんとうのすがたをあらわしたとたん、そのちかいもわすれて、『キャア！』って悲鳴をあげると、一目散《いちもくさん》に池のそばからにげていってしまったんだってさ」

「池の主《ぬし》の正体は、なんだったの？」

タクミが、きょうみしんしんでたずねる。

ホギおばさんは、にやりとわらってこたえた。

「三百歳《さい》の、巨大《きょだい》なガマガエルだったのさ」

「げえ」と、タクミがまゆをしかめてつぶやいた。

「そりゃ、にげるよ……」

「でも、池の主《ぬし》はおこったでしょ?」と、ユイがたずねた。

ホギおばさんはうなずいて、しゃべりつづける。

「もちろん、おこったさ。そして、じぶんをうらぎり、はじをかかせたむすめに、呪《のろ》いをかけたんだよ」

「むすめをカエルに変《か》えちゃったんだね?」

そう質問《しつもん》するタクミにむかって、ホギおばさんは、重々しく首を横にふっていった。

「いいや、そうじゃない。池の主《ぬし》は、もっといじのわるいしかえしを考えたんだよ。じぶんをうらぎったむすめが、二度とほかの男のことをすきになったりしないように、むすめに、カエルの口の呪《のろ》いをかけたんだ」

「カエルの口の呪《のろ》い!!」

ユイは、おばさんが口にしたことばをくりかえし、タクミやパパやママと視線《しせん》をかわしあった。

ホギおばさんはつづける。

「つまりね。そのむすめがだれかに恋《こい》をして、その恋人《こいびと》にキスしようとするとね、そのとたん、キスしたあいては、たちまち、みにくいガマガエルになってしまうっていう呪《のろ》いをかけたんだよ。じぶんがうらぎった池の主《ぬし》と、おなじすがたになるようにね。だからむすめは、とうとう、だれかをすきになることをあきらめ、尼寺《あまでら》にはいって一生を終えたそうだよ」

「ひっどぉい」

ユイがふんがいして、おもわずそうつぶやくと、ホギおばさんは、ユイのほうを見てかたをすくめた。

「しょうがないさ。見た目のよさだけで、のぼせあがったりするから、そんな目にあうってことだよ。あんたも注意するんだね」

ママがはじめて、キッチンから口をはさんだ。

「でも、それって、ずいぶんむかしの話なんでしょ？　そんな呪《のろ》いが、いまでもつかわれてるのかしら？」

「さあねえ……」と、ホギおばさんは首をかしげてみせた。

「そこまでは、あたしだってしらないよ。水の仲間《なかま》たちの呪《のろ》いを研究してるわけじゃないんだからね。でもまあ、むかし、そういう呪《のろ》いをかけたやつがいたってことは、いまだって、強い魔力《まりょく》をもってるやつなら、おなじことぐらい、やってのけられるんじゃないかねえ」

ユイもタクミも、おばさんの話を聞きながら、ちらり、ちらりと、モエのほうをぬすみ見ずにはいられなかった。おばさんの語るむかし話の中に出てきたカエルの口の呪《のろ》いが、モエにかけられた呪《のろ》いとそっくりだったからだ。もっとも、モエのキスでカエルに変《か》わったのは、恋人《こいびと》ではなく、おじいちゃんだったのだけれど……。

「そんな呪《のろ》いをかける水の仲間《なかま》って、カエル以外《いがい》にもいるの？」

ユイが質問《しつもん》を口にするあとから、タクミもおばさんに問いかけた。

「呪《のろ》いをとく方法《ほうほう》って、あるの？」

ホギおばさんの目の中に、はじめて、うたがいの色がうかんだ。おばさんは、なにかをさぐるように、ユイとタクミの顔を見つめている。

「いやに、あれこれ質問《しつもん》するじゃないか？　どうしてそんなに、カエルの口の呪《のろ》いにきょうみがあるんだい？　ひょっとして、だれか、その呪《のろ》いをかけられたやつがいるんじゃないのかい？」

モエが、なにかいおうと、口をひらきかけるのがわかった。

「……えっとね」

「モエ！　しいっ！」

タクミが、あわててモエのことばをさえぎった。

「おや、おや、おや！」

ホギおばさんは、おおげさに目をまるくして、その目をおもしろがるようにモエにむけた。

「どうやら、いちばん小さいおじょうちゃんが、なにかしってるらしいよ」

ホギおばさんは、ずいっと足をふみだし、テレビのほうに近づいていった。そしてソファのすみっこにちょこんとすわって、こまったようにきょろきょろみんなを見まわしているモエのまんまえに立ちはだかり、身をかがめて、モエにぐっと顔をつきつけた。

「さあ、おじょうちゃん、おばさんに秘密《ひみつ》を教えておくれ。いったい、あんたは、なにをしってるんだい？」

「ホギおばさん。やめてちょうだい。モエがびっくりしてるわ」

キッチンからリビングにはいってきたママが、おおいかぶさらんばかりにしてモエを見つめているホギおばさんに、とんがった声でいった。

「モエ。こっち、おいで」

ユイは追いつめられた妹を救出《きゅうしゅつ》しようと、ソファのほうに手をのばして、モエの片手《かたて》をとった。すると、ホギおばさんが、モエのもう片一方《かたいっぽう》のうでをおさえた。

「みんな、ひっこんでおいで。あんたたち、みんなでグルになって、なんか、あたしにかくしごとをしているんだね？　モエ、さあ、さっさと白状《はくじょう》しておしまい」

「ホギおばさん、モエからはなれて」

ママが、おばさんのかたに手をかけた。

おばさんが、その手をふりはらう。

水晶玉《すいしょうだま》が、ゆかの上にごろんとおっこちた。

「ちょっと、みんな、おちつこう。ホギおばさん。とにかく、モエから手をはなして、あっちにおすわりください」

パパが、その場をおさめようと口をひらいたが、だれも聞く者はいなかった。

「モエ！　早く、お話しったら」と、ホギおばさん。

「モエ。ほら、おねえちゃんのほうにおいで」と、ユイ。

「おばさん！　モエのうでをはなして！」と、ママ。

「ママも、おちついて」と、パパ。

「モエ、早くお話し！　おばさんにかくしごとをするなんて、悪い子だよ！　おりこうなら、ぜんぶしゃべっておしまい！」

ホギおばさんが、モエのほうにいっそう身をのりだす。

「モエ！　しゃべるなよ！」と、タクミ。

ユイは、モエにつめよるホギおばさんの顔のどこかが、いまにもモエのくちびると接《せっ》触《しょく》するのではないかと、はらはらした。なんとか、モエをおばさんからひきはなそうと、にぎった手をひっぱってみる。

「モエ、ホギおばさんからはなれて！　おばさんにチュー……」

したらだめだよ……というはずのユイのことばを、ホギおばさんの怒声《どせい》がさえぎった。

「うるさい！　みんな、おだまり！」

おばさんがそうどなったのと、モエが、どなるおばさんの鼻の先にキスをしたのは、ほとんど同時だった。

チュッ……と、しめった音がした。

そして、リビングの中が、一瞬《いっしゅん》にしてしずまりかえった。

「ホーッ、ホッ、ホッ、ホッ、ホ」とわらったのは、パパではない。それは、鬼丸《おにまる》おじいちゃんのわらい声だった。

パパのジャケットのふところの中から、カエルのおじいちゃんが、にゅっと頭をつきだした。

「こりゃゆかいじゃ。ホギまで、カエルになりおったぞ！　これで仲間《なかま》ができたわい」

「なんだって？　いったい、なんの話をしてるんだい？　このきみのわるいカエルは、なんだい？」

ホギおばさんがギャアギャアわめいた。しかし、わめいているおばさんのすがたはもう、人間でもキツネでもなかった。そのとき、おばさんはすでに、鬼丸《おにまる》おじいちゃんとおなじく、きみのわるいガマガエルのすがたになっていたのである。

じぶんのしでかしたことにおろおろしているモエが、こわばった顔をユイにむけた。

「だって……、ユイねえちゃんが、チューしろっていったもん……」

「いってない！　いってない！」

ユイはひっしに首を横にふった。

「チューしちゃだめって、いおうとしたんだもん！」

タクミが、そんなユイとモエの横で、ぽつんとつぶやいた。

「とにかく、早くモエの呪《のろ》いをとかなくちゃ。そうしないと、いまに家じゅう、カエルだらけになっちゃうよ」

ほんとうにそのとおりだと、ユイも思った。

なんとかしなければならない。でも、いったいどうすれば、モエにかけられたカエルの口の呪《のろ》いをとくことができるのだろう？

3 木曜日

ホギおばさんは、洗面所《せんめんじょ》の鏡《かがみ》を見て、じぶんがカエルになってしまったのをしると、ものすごくはらをたてた。でも、いくらカンカンになったってしかたがない。とにかく、呪《のろ》いをとく方法《ほうほう》がみつかるまでは、カエルとしてくらしていくしかないのだから。

カエルの口の呪《のろ》いをとく方法《ほうほう》については、ホギおばさんはざんねんながら、なにもしらなかった。

親切なパパは、鬼丸《おにまる》おじいちゃんとホギおばさん、二ひきのカエルたちが少しでも快適《かいてき》にくらせるようにと、特等席《とくとうせき》をととのえた。おふろ場の洗面器《せんめんき》と、洗濯用《せんたくよう》のでっかいたらいをもってきて、その中に少し水をはり、タオルをひたして、人工の湿地《しっち》のような、池の

ようなものをつくったのである。

当然《とうぜん》、おじいちゃんとおばさんは、どっちが大きい〝たらいの池〟をとるかでもめはじめたが、ママの提案《ていあん》によって、あみだくじで決着をつけることになった。けっきょく、ホギおばさんが〝たらい〟につながるくじをひきあて、たらい池を勝ちとった。洗面器《せんめんき》の池におさまって、鬼丸《おにまる》おじいちゃんは、すっかりへそをまげてしまった。……もっとも、カエルだから、おへそはないのだけれど……。

「ふん！　ふん！　ふん！」といいながら、カエルのおじいちゃんは洗面器《せんめんき》の中で飛《と》びはねて、中の水を、わざわざそこらじゅうにはねとばした。

「年長者のわしに、大きいたらいをゆずるのが当然《とうぜん》の礼儀《れいぎ》だろう。まったく、礼儀《れいぎ》しらずのキツネとは……いや、ガマガエルとは、つきあいきれん！」

「まあ、お義父《とう》さん。きょうは、その洗面器《せんめんき》でがまんしてください。あした、もう一つたらいを買ってきますから」

パパがそういってなだめても、おじいちゃんは、洗面器《せんめんき》の中で飛《と》びはねるのをやめなかった。体のサイズいっぱいいっぱいの洗面器《せんめんき》の中で、よく飛《と》びはねられるものだと、ユイはあきれて、おじいちゃんガエルをながめていた。

「お父さん！　水をはねとばすのをやめないと、おふろ場にとじこめるわよ！　そしたら、テレビは見られなくなっちゃうから、そのつもりでね！」

ママにそういわれて、鬼丸《おにまる》おじいちゃんはやっとジャンプを中止し、口をへの字にまげて、むっつりとだまりこんだ。

タクミが、こそっとユイの耳もとにささやいた。

「二人とも、ずっと、うちにいるつもりかなあ？　もし、もとのすがたにもどれなかったら……」

鬼丸《おにまる》おじいちゃんばかりでなく、ホギおばさんも、この状況《じょうきょう》をキツネたちの山にしられるのを、よしとしなかった。

「こんなみっともないすがたになったのを山のみんなにしられるぐらいなら、死んだほうがましだよ」と、ホギおばさんはいうのだった。

じぶんからなにかにすがたを変《か》えるのではなく、何者かの術《じゅつ》にひっかかって、強制的《きょうせいてき》にすがたを変《か》えられるというのは、化《ば》けギツネにとって、とても不名誉《ふめいよ》ではずかしいことなのだと、ママはこっそりユイたちに説明《せつめい》してくれた。

鬼丸《おにまる》おじいちゃんとホギおばさんが、この秘密《ひみつ》を山のみんなにかくしとおすということは、つまり、二人が山に帰らずに、ユイたちの家にいすわりつづけるということだ。呪《のろ》いがとけて、もとのすがたにもどるまで、ずっと……。

ユイは、おじいちゃんたちに気づかれないように、そっとためいきをもらした。

「はらがへったな。なんか食べさせてくれ」

洗面器《せんめんき》の中で、おじいちゃんがいった。ママが、あきれ顔でおじいちゃんを見る。

「お父さん。さっき、トンカツ食べたでしょ？　カエルのくせに、一人前、ペロッと食べちゃったじゃないの」

そうなのだ。ママは、予定外のお客さまに、しかたなくじぶんの分のトンカツをわけようとしたのだが、おじいちゃんは、わけてもらうどころか、ママのトンカツを一まいぜんぶ、たいらげてしまったのだ。カエルだというのに！

「食べづらいな、もっと細かくきってくれ」なんて、もんくをいいながら……。

「あたしは、まだ、ごはんをいただいてないよ」と、ホギおばさんがいいだした。

あげたてのトンカツを食べようとしていたパパが、おばさんに半分トンカツを提供《ていきょう》すると、もうしでた。

「だれか食べさせておくれよ。こんなかっこうじゃ、食べづらいよ」

「ふん。わがままなガマガエルめ」

鬼丸《おにまる》おじいちゃんが、じぶんのことをたなにあげ、ブツブツいっている。

「ママ。あたしが、おばさんに食べさせてあげるよ」

ユイは、細かくきったトンカツをフォークにさして、おばさんガエルの口にはこんでやりながら、あふれでるためいきをとめることができなかった。

〈早く、なんとかしなくちゃ。こんなカエルが二ひき、ずっと家にいるなんて……。毎日カエルにえさやりするなんて、むり〉

もちろん、その思いは、パパもママもタクミもおなじはずだった。カエルの口になったモエだって、早く呪《のろ》いをといてもらいたいにちがいない。キスするたびに、だれかがカエルになっちゃうなんて、大問題だ。

〈いったいだれなのよ。モエにこんな呪《のろ》いをかけたやつは……〉

ホギおばさんのいうとおり、もしモエにかけられたのが、水の仲間《なかま》たちがつかう呪《のろ》いだとしたら、どうして、モエの友だちの男の子は、こんな呪《のろ》いをしっていたのだろう？　なんで、モエに呪《のろ》いをかけることができたのだろう？

〈ひょっとして、その子の正体も、三百歳《さい》のガマガエルだったりして……。でも、そんなやつが、幼稚園《ようちえん》なんかにいるかなあ？〉

考えてみても、答えはわからない。

〈あしたになれば、なんかわかるはず。ママがモエといっしょに幼稚園《ようちえん》にいってさがせば、きっと、その子がみつかるだろうから……〉

ユイは、そうじぶんをなぐさめながら、バクバク口をあけているおばさんガエルの口の中に、ラスト一個《こ》のトンカツのかけらをおしこんでやったのだった。

つぎの日、モエはマスクをして幼稚園《ようちえん》に出かけた。もちろん、カエルの口で、うっかりお友だちや先生をカエルに変《か》えてしまわないように、という用心のためだ。

ユイとタクミが学校に出かけるとき、おじいちゃんガエルとおばさんガエルは、まだそれぞれの池のぬれタオルの下にもぐりこんでねむっていた。

「ママ。早く呪《のろ》いがとけるように、がんばってね。モエと指きりした子をみつけたら、ぜったい、呪《のろ》いをといてもらってよ」

ユイは、ママにそういって家を出た。そして六時間目が終わると、一目散《いちもくさん》に家まで走って帰った。もしかしたら、もうなにもかも解決《かいけつ》しているのではないか、と期待にむねをふくらませていたからだ。

ママは指きりのあいてをみつけて、その子から呪《のろ》いをとく方法《ほうほう》を聞きだし、いまごろ、カエルの口の呪《のろ》いは消えさり、鬼丸《おにまる》おじいちゃんとホギおばさんは、もとどおりのすがたにもどって山に帰っている……、帰っていればいいのに……と、ユイは思いながら、家のドアを力いっぱいひっぱりあけた。

「あー……」

玄関《げんかん》にはいった瞬間《しゅんかん》、口からためいきが声になってもれた。目のまえの玄関《げんかん》マットの上に、カエルすがたの鬼丸《おにまる》おじいちゃんが、四つんばいになって、ぬれタオルをかぶり、がんばっていたからである。

「おかえり」

カエルのおじいちゃんは、のどをごろつかせながらユイに声をかけた。

「ただいま。……まだ、呪《のろ》い、とけてないんだね」

ユイはそういってから、あらためて質問《しつもん》する。

「ね、おじいちゃん。どうして玄関《げんかん》にいるの？　洗面器《せんめんき》ん中にはいってないと、ひからびちゃうよ」

「ふん。あんなせまっくるしいところは、もう、あきあきじゃ。わしは、ムコどのがたらいを買って帰ってくるまで、ここでまっとるぞ」

「え？　でも、パパが帰ってくるのなんて、まだまだ、ずっとあとなのに……」

「ユイ、おかえり」

やっと、リビングからママが顔を出した。

「ママ。おじいちゃん、パパがたらい買って帰ってくるの、ここでまってるんだって」

ママが、なにかいいたげなようすで目くばせをしたので、ユイはおじいちゃんガエルの横をすりぬけて、家の中にはいっていった。

「おじいちゃん、ちょっとごめんね」

そういいながら、カエルの横を通って洗面所《せんめんじょ》に直行したユイのところに、ママがやって

きた。手をあらうユイにむかって、ママは、玄《げん》関《かん》のおじいちゃんにも、リビングのホギおばさんにも聞こえないように、ぐっとひそめた声で耳うちをした。

「おじいちゃん、ホギおばさんとのなわばりあらそいに負けて、ふくれてるのよ」

「なわばりあらそい?」

目をまるくするユイに、ママがうなずく。

「そう。けさ、おじいちゃんがね、ちょっとのあいだでいいから、たらい池と交代してくれって、たのんだのよ。洗面器池《せんめんきいけ》はせまくて、こしがいたくなったって。でも、ホギおばさんは、たらい池から断固《だんこ》出ていかなかったわけ。それで、取っくみあいの大げんかのあげく、おじいちゃんは、たらいから追いだされちゃったの」

「はあっ……」と、ユイは大きくためいきをついた。

「だからあそこで、たらいの到着《とうちゃく》をまってるのか……。おじいちゃん、意固地《いこじ》になってるんだね」

「そう」と、もう一度うなずいて、ママはつづける。

「もう二度と、あんなせまい洗面器《せんめんき》の中にははいらん、っていってるわ。あんなところにはいるぐらいなら、ひからびたほうがましなんですって」

ユイは、おじいちゃんのカエルが玄関《げんかん》でひからびているところを想像《そうぞう》して、ぞっとしたが、そのイメージをふりはらい、ママにたずねた。

「あの子はどうなったの？　モエと指きりした子。みつけたんだよね？」

「それがね……」

ママはまゆをひそめ、ささやくようにいった。

「いろいろ、ふしぎなことばっかりなのよ。うがいして、ランドセルを部屋においたら、リビングにきて。あっちで、ゆっくり説明《せつめい》するから」

ユイがリビングにはいってみると、あけはなった掃《は》きだしまどのむこうにバルコニーが見えた。ホギおばさんは、たらい池をバルコニーに出してもらって、ひなたぼっこ中だ。

モエがその横に、小さなおりたたみのいすとテーブルを出して、折《お》り紙《がみ》をしている。もうマスクはしていなかった。

ユイが「ただいま」と声をかけると、うつらうつらしていたホギおばさんは、めんどくさそうに片目《かため》をあけて、すぐまた、いねむりをはじめた。

「モエね、見はり番なの」と、モエがしんけんな顔でユイにつげた。

「カラスがね、おばさんをさらってかないように、見はってんの」

「へえ。すごいじゃん。がんばれ」

ユイはそういって、ママと二人、バルコニーを見とおせるリビングのテーブルにむきあってすわった。そして、ママは話しはじめた。その日の、幼稚園《ようちえん》での調査《ちょうさ》の一部始終を——。

それは、ほんとうにおかしな話だった。まず、モエが指きりをした男の子は、幼稚園《ようちえん》にいなかった。存在《そんざい》しなかったのだ。

けさ、ママは、マスクをしたモエを幼稚園《ようちえん》まで送っていくと、担任《たんにん》の先生に、「かぜぎみなので、しばらくようすを見たい」ともうしでて、幼稚園《ようちえん》にいのこった。そして、モエのようすを見まもるふりをしながら、登園してくる子どもたち全員をチェックしたのだ。

もちろん、教室の中で遊んでいる子や、園庭で遊ぶ子たちの顔も、いちいちチェックした。

その子をみつけたら合図をするようにいっていたのに、モエは、約束《やくそく》をかわした男の子をけっきょくみつけられなかった。

ママは、先生にモエのかぜの状態《じょうたい》を説明《せつめい》しながら、さりげなく、その日だれか、かぜで休んでいる子がいないかどうかも確認《かくにん》していた。

いたことはいたのだが、一人はモエのクラスの男の子だった。これは、モエもよくしっている子で、その子が指きりした子ではないことは、はっきりしていた。

あとは、年中さんと年長さんの女の子が、合計三人。もちろん、こっちも女の子だから、指きりのあいてではない。

「だからね、いなかったのよ」と、ママはユイにいった。

「そんな男の子、幼稚園《ようちえん》のどこにもいなかったの」

「でも……」

ユイは、バルコニーのモエに聞こえないように、小さな声でママにいった。

「わすれちゃったのかもよ。どの子がその子なのか、よくおぼえてないんじゃない？　モエ、男の子の名前おぼえんの、にがてだし……」

ママも小さな声でいう。

「だけど、名前がわからなくても、顔までおぼえてないなんてこと、あると思う？　何回もいっしょに遊んでる子なのよ。ついきのうも、その子とかきねをくぐって、園長先生の家に二人でもぐりこんだわけでしょ？　それにね……」

ママは、もっとおかしな話をはじめた。

モエがくぐりぬけたというかきねのすきまも、存在《そんざい》しなかったというのだ。モエがママを案内《あんない》したその場所には……というか、園庭と園長先生の家をへだてる、かきねの根もとのネットには、すきまも穴《あな》も、一つもあいていなかったらしい。

「アジサイのしげみのおくも見てみたんだけど、そこにもちゃんとネットがはってあって、モエが通りぬけたっていってたすきまなんて、どこにもないのよ」

「じゃ、モエは、どこをくぐったの？」

ユイはわけがわからなくなって、ママにたずねた。

「わからないわ」と、当惑《とうわく》したようすでモエのほうを見つめ、ママも首を横にふった。

「おかしいわよね。なにもかもが、まるで幻《まぼろし》だったみたい。友だちの男の子も、園長先生の家の庭に通じるトンネルも、なんにもみつからないなんて……」

「でも、幻《まぼろし》のわけないよ。だって、現《げん》にモエは、その子と指きりしたせいで、呪《のろ》いをかけられちゃったんだもん。その呪《のろ》いのせいで、鬼丸《おにまる》おじいちゃんとホギおばさんが、カエルになっちゃったってことでしょ？」

「そう」と、ママはユイのことばにうなずく。

「だから、ふしぎなのよ。いったいどうして、モエが指きりした男の子も、かきねのトンネルも、あとかたもなく消えてしまったのかしら？　……というか、どうして、モエのまえにだけ、その子はあらわれたのかしら？　どうして、その子とモエだけが、あるはずのないぬけ穴《あな》をくぐって、園長先生のおうちの庭にはいりこむことができたのかしら……」

ユイは、ママの問いかけにこたえることができず、だまりこんでしまった。

ユイとママが見つめる視線《しせん》の先で、バルコニーのホギおばさんが、大きなあくびをするのが見えた。

その日は、さすがにタクミも、さっさと学校から帰ってきた。いつもなら、下校時刻《げこうじこく》ぎりぎりまで校庭で遊んでくるはずなのに、きっと、カエルの口の呪《のろ》いのことが気になっていたのだろう。玄関《げんかん》ではまだ、タオルをかぶった鬼丸《おにまる》おじいちゃんガエルががんばっていた。

「おじいちゃん、ひからびるよ」と、声をかけながら家にはいってきたタクミは、ユイとママから幼稚園《ようちえん》での調査結果《ちょうさけっか》を聞き、「うん、うん」と何度もうなずいていた。

「だよね。やっぱ、ぬけ穴《あな》なんてないよね。もし、そんなすきまがあったら、ぼくも、門をのりこえるんじゃなくて、そっちをくぐりぬけたと思うもん」

みょうなことになっとくしているタクミに、ユイは意見をもとめた。

「どう思う？　なんで、モエは一人だけ、そんなへんてこな男の子とあったり、その子といっしょに、かきねの下をくぐりぬけたりできたんだろ？　あたしもあんたも、幼稚園《ようちえん》のときに、そんなおかしなことなんて、おこんなかったよね？」

「うん……。おこんなかった」

タクミはなんとなく、おこればよかったのに、と思っているような口ぶりでそういった。

とつぜん、バルコニーのたらい池の中から、ホギおばさんの声がした。

「あたしが調査《ちょうさ》にいくよ」

「え？」

ユイとタクミとママと、モエまでが、びっくりしてカエルのおばさんを見た。ぬれタオルの下に半分体をかくしたおばさんは、頭のてっぺんにつきでた大きな目玉をぎょろぎょろさせて、みんなを見まわしていた。

「あたしが、その幼稚園《ようちえん》を調査《ちょうさ》しにいくっていったんだよ。幼稚園《ようちえん》と、となりの家の庭をね」

「え？　……でも……」

ユイはいいかけながら、ママと顔を見あわせた。ママが、あとのことばをつづける。

「でも、幼稚園《ようちえん》まで、けっこうありますよ。モエと歩いて、二十分はかかるから」

「つれてってておくれ」

「え？」

こんどは、ユイとタクミが顔を見あわせた。

「つれてくって、どうやって？」と聞いたのは、タクミだった。

「どうやってでもいいよ。だいてってくれても、おぶってってくれてもいいから、とにかく、いますぐ、あたしをそこへつれておいきよ。あたしなら、きっとなにか手がかりをみつけられるさ。あたしは、あんたたちなんかより、ずっと呪術《じゅじゅつ》や魔術《まじゅつ》にくわしいからね」

「それは、ちょっと……。だいていく？　ガマガエルを？　——おぶっていく？　カエルを幼稚園《ようちえん》まで？

さすがのタクミも、しりごみしている。ユイも、それだけはかんべんしてもらいたい気分だった。

「おばさん、カエルをだっこして道を歩いてたら、あやしまれるよ。ひょっとしたら、おまわりさんにつかまっちゃうかもよ」

なんとか、ホギおばさんを思いとどまらせようとして、ユイはそんなことをいってみた。しかし、おばさんの意志《いし》はかたかった。一度いいだしたらきかないのだ。がんこさではホギおばさんも、鬼丸《おにまる》おじいちゃんに負けてはいない。

「つれていっておくれ。いますぐ、調査《ちょうさ》に出かけるよ」の一点ばりだった。

とうとう、けっきょく、しかたなく、ユイたちはホギおばさんにおしきられる形で、幼《よう》稚園《ちえん》までカエルをはこんでいくことになってしまった。

ママは、二重にしたスーパーの袋《ふくろ》の底《そこ》にぬれタオルをしき、おばさんガエルの体をそこにおさめた。その袋《ふくろ》を、さらにママの買いもの袋《ぶくろ》に入れ、かたからぶらさげて、幼稚園《ようちえん》まではこんでいくことにしたのである。ユイとタクミの二人で――。どうして二人がかりではこぶことにしたのかというと、ユイもタクミも、一人だけでそんな役目をひきうける気にはなれなかったからだ。

だから、行きしなは袋《ふくろ》をユイがかたにかけ、帰り道には、タクミと交代することに決めた。

「気をつけてね」

カエル袋《ぶくろ》をかついだユイに、ママはいったが、なににどう気をつければいいのか、ユイはよくわからなかった。

カエルを運搬《うんぱん》しているところを、だれかに見られないようにしなさい、ということだろうか？　それとも、ホギおばさんが、なにかとんでもないことをしでかさないように、目を光らせていてね、ということなのだろうか？

ユイは、心配そうなママと、ママの横でこっちを見あげているモエと、タオルの下で微《び》動《どう》だにしない鬼丸《おにまる》おじいちゃんガエルにむかって、「いってきます」と声をかけた。

そうして、ユイとタクミは、ホギおばさんのはいった買いもの袋《ぶくろ》をたずさえ、幼稚園《ようちえん》めざして出発したのである。

調査《ちょうさ》

外に出てみると、秋の夕ぐれが町をつつみはじめていた。西の空はバラ色にかがやき、ピンク色の光が家々のかべにてりはえている。昼間はあたたかかったのに、もうずいぶん風がつめたい。通りぞいのイチョウ並木《なみき》が、風の中にはらはらと金色の葉をちらした。

ユイとタクミは、歩道に散《ち》りしく落ち葉をふんで、幼稚園《ようちえん》めざして歩いていった。

とちゅうの公園では、三年生の男の子たちが数人でサッカーをやっていて、タクミに声をかけてきたが、タクミはそのさそいを、ざんねんそうにことわった。ユイも、塾《じゅく》にむかう同級生の二人組とすれちがった。

「どこいくの！」の問いかけに、「ちょっと買いもの」とこたえて手をふる。

ホギおばさんが買いもの袋《ぶくろ》の中でおとなしくしていてくれたのは、ほんとうに幸いだった。しかし、おばさんがおとなしかったのは最初《さいしょ》のうちだけで、すぐに、あれこれもんくをいいはじめた。

「ちょいと、もっとしずかに歩けないのかい？　ふりまわされて、目がまわりそうだよ」とか、「いま、わざとゆらしたね？　いやがらせかい？」とか、「ユイ、まさか、あんたもカエルになったんじゃないだろうね？　どうして、そんなにピョコピョコ飛《と》びはねて歩くんだい？」とか……。

「ちょっと交代しない？」と提案《ていあん》しても、タクミはもちろん、オーケーしなかった。

「ぼくは、帰り道担当《たんとう》」と、すましてずんずん歩いていく。

そんなちょうしだったから、町並《まちな》みの中に幼稚園《ようちえん》の門が見えてきたときには、ほんとうにほっとした。正確《せいかく》にいえば、まず見えてくるのは、門じゃなくて桜《さくら》の木だ。それは、むかしから幼稚園《ようちえん》の門のわきにある、みごとなしだれ桜《ざくら》で、初夏《しょか》から夏の終わりまでは、遠くからでも、長い枝《えだ》が緑のカーテンのように風にゆれているのが見える。しだれ桜《ざくら》の葉はもうすっかりおちていたが、それでも、すだれのように道ばたにたれる枝《えだ》ぶりは、そのままだった。

ユイたちが、ちょうど幼稚園《ようちえん》の門のまえにたどりついたとき、道路ぞいの街灯《がいとう》が、いっせいにパッとともった。

門のむかい側《がわ》に立つ街灯《がいとう》の下で、ユイとタクミは、はっと顔を見あわせた。町をつつむ夕ぐれの闇《やみ》が、少しこくなった気がした。

園の門は、もうしまっていた。五時までの園庭の解放《かいほう》時間が終わり、戸じまりをしてしまったのだろう。幼稚園《ようちえん》の建物《たてもの》の中にはあかりがついていたが、園庭はがらんとして人影《ひとかげ》もない。

「どうする？　中、はいれないね」

ユイが、そうひそひそとタクミにささやいたとき、買いもの袋《ぶくろ》の中から、にゅっとカエルのホギおばさんが顔をつきだした。

「やれやれ、やっと到着《とうちゃく》かい。どれどれ、モエが通りぬけたっていってた、かきねの下のトンネルっていうのは、どこだい？」

「この中だよ」

タクミが、とざされた幼稚園《ようちえん》の門を指さしていった。

「この幼稚園《ようちえん》の庭と、おとなりの園長先生んちのあいだに、いけがきがあって、そのいけがきのいちばんおくのとこを通りぬけたって、モエはいってたんだ。砂場《すなば》のおくの、アジサイのしげみのかげ」

ユイが、タクミのことばにつづけていう。

「でも、ぬけ穴《あな》があったって、モエがいってたとこには、ネットがはられてて、すきまなんてなかったみたい。ママがそういってたよ」

ホギおばさんは、頭の上につきだした二つの目玉をぎょろつかせ、あたりの気配をうかがうように大きな口をバクバクさせていたが、とつぜん、買いもの袋《ぶくろ》の中から飛《と》びだして、道路の上にドタリと飛《と》びおりた。

ユイの足もとで、ホギおばさんがいった。

「じゃあ、直接《ちょくせつ》、庭にはいりこむまでさ。幼稚園《ようちえん》のとなりっていうのは、この家のことだろ？」

ホギおばさんの目玉が、ぎょろりと、道路ぞいにのびる幼稚園《ようちえん》のフェンスの左手を見た。

そこにはブロックべいがつづいている。へいのとちゅうには勝手口がもうけられていたが、表札《ひょうさつ》は出ていない。でも、それが園長先生の家だということは、まちがいなかった。

「あたしが、ようすを見てくるよ。この家の庭の中を見まわって、なにかあやしいことは

ないのかどうか、それから、幼稚園《ようちえん》につながるぬけ道がほんとうにないのかもね」

そういうなり、ホギおばさんのカエルは、ユイやタクミがなにかいうまもなく、道路の上をベッタン、ベッタン、飛《と》びはねていって、ブロックべいのとちゅうの勝手口の門の下をくぐって、見えなくなってしまった。

「気をつけてね」

ユイはやっとの思いで、おばさんの消えた門にむかって声をかけたが、返事はなかった。

「だいじょうぶかな……」

タクミが、ぼそっとつぶやく。

「ホギおばさんてさ、ときどき、むちゃくちゃなことするからなあ……」

「ときどきっていうか……、しょっちゅうっていうか……」

ユイも心配になって、しずまるブロックべいのむこうを見つめた。

もし、だれか家の人にでもみつかったりしたら、どうなるだろう？　あんなでっかいガマガエルが、のそのそ庭をはいまわっているのを見て、家の人が、たとえばカエルになにか危害《きがい》をくわえようとしたら……。そしたら、おばさんは「おやめ、このバカ者！」とか、「なにするんだい、このトンチキ！」とか、ギャアギャアわめきたてるにちがいない。

しゃべるガマガエルを見たら、きっと大さわぎになる。おまわりさんや近所の人や、テレビ局のカメラが、園長先生の家のまえにおしよせるところを想像《そうぞう》して、ユイはゆううつになった。

夕闇《ゆうやみ》は深まり、いつのまにか、あたりはとっぷりとくれていた。

ホギおばさんは、園長先生の家の庭にはいっていったきり、なかなか出てこなかった。ユイとタクミは気が気ではなくて、ブロックべいのまえをあっちにいったり、こっちにいったりしながら、庭の中のようすをうかがっていた。

さいわい、人通りはあまりなかった。たまに、だれか通りかかる人がいると、二人は散《さん》歩中《ぽちゅう》のような顔をして、園長先生の家の角をゆっくりまがり、通行人をやりすごした。

こうしてながめてみると、園長先生の家は、なかなか大きくてりっぱだった。幼稚園《ようちえん》の敷地《しきち》とあわせると、通り片側《かたがわ》の一画全体をしめている。そういえば、道ぞいの家々は、どれも一軒《けん》一軒《けん》の区画がゆったりと大きい。このあたりは、ユイたちの住む町の中でもいちばん古くにひらけた住宅街《じゅうたくがい》なのだ。たしか、戦前《せんぜん》から建《た》っている家もあるとパパがいっていた。戦前《せんぜん》ていうのはつまり、第二次世界大戦《せかいたいせん》のまえっていうことだから、いまから七十年以上《いじょう》もむかしっていうことになる。さらに、それよりもむかし、明治《めいじ》とか大正《たいしょう》のころまで、このへん一帯《いったい》は古いお寺の土地だったっていう話は、だれから聞いたんだろう？　パパか、それとも園長先生からだったかもしれない。

幼稚園《ようちえん》と、園長先生の家をひとまとめにした区画の角を右にまがると、細い通りぞいに、園長先生の家の玄関口《げんかんぐち》がある。

「溝口《みぞぐち》」と表札《ひょうさつ》のかかった門のまえで、ユイとタクミが、なんとか中のようすをうかがえないものかとやきもきしていると、ふいに、その門のわきから、ホギおばさんのガマガエルが、にゅっと顔をつきだした。

「おばさん！」

へいと門とのあいだの細いすきまを、ぐいぐいとおしわけるようにして道路の上に出てきたホギおばさんを見て、ユイが安堵《あんど》の声をあげた。

「よかったあ！　ぶじだったんだね!!」

タクミもしゃがみこんで、おばさんに問いかける。

「どうだった？　おそかったけどさ、なんか大発見とか、あったの？」

ホギおばさんはふきげんな目で、じろりとタクミをにらんだ。

「おそかっただっって？　そんなことというんなら、あんたもいっぺんカエルになってみるといいんだよ。あーんなに広い庭の中を、すみずみまではねてまわるのが、どれほど骨《ほね》の折《お》れるもんなのか、わからないのかね？　まったく……。足はくたくた、体はからから……。ユイ、早いとこ、あたしをそのしめった袋《ふくろ》の中にはいらせておくれよ。もう、ひからびる寸前《すんぜん》なんだからさ」

ユイはあわてて、かたにひっかけていた買いもの袋《ぶくろ》の口をあけた。タクミがいそいでおばさんの体を両手でもちあげ、買いもの袋《ぶくろ》の底《そこ》のスーパーの袋《ふくろ》の中にそっとおろす。

そして、袋《ふくろ》の中を見おろしながら、またおなじ質問《しつもん》をくりかえした。

「ねえ、なんかみつけた？　大発見、あった？」

「ああ、やれやれ、これでやっと、ひとごこちつけたよ」

袋《ふくろ》の底《そこ》でぬれタオルにくるまりながら、ホギおばさんは、タクミをじらすようにつぶやいた。

「どうだった？　池の中に、なんかいた？　竜《りゅう》はいないよね？」

たたみかけるように、タクミが質問《しつもん》する。

「あそこにいるのは、金魚とコイだけだよ」

やっと、ホギおばさんはこたえた。

「それから、となりの幼稚園《ようちえん》とのあいだのかきねの下には、たしかにネットがはってあったよ。すみずみまでしらべてみたけど、あれじゃあ、猫《ねこ》一ぴき通りぬけられないね。穴《あな》もすきまも、あいてないよ」

「やっぱ、そうかあ……」

タクミが、ちょっとがっかりしたようにいう。

「じゃ、なんにもなかったってことだね。トンネルもなし、竜《りゅう》もなし、手がかりもなし」

「だれが、手がかりもないなんていったんだい？」

袋《ふくろ》の底《そこ》で、おばさんがそういったので、ユイとタクミは「え？」と顔を見あわせた。

「ホギおばさん、もしかして、なんかみつけたの？」

ユイは、かたにかけた袋《ふくろ》の中をのぞきこんで、そうたずねた。

まっ暗な袋《ふくろ》の底《そこ》で、おばさんの目が、ぎょろりとユイのほうを見た気がした。

「まあね」

また、じらすようにそういったきり、ホギおばさんはだまりこむ。

袋《ふくろ》をのぞいているユイの頭をおしのけ、じぶんの頭を袋《ふくろ》の中につっこまんばかりにして、タクミがおばさんにたずねた。

「なに？　なんかみつけたの？　手がかりってこと？　モエに呪《のろ》いをかけたやつの手がかり、みつけたってことなの？」

ぬれタオルのあいだから、ちょっと頭をもたげ、ホギおばさんは、もったいぶったようすで口をひらいた。

「あの池に、もぐってみたんだよ」

こんどは、ユイがいきおいこんで、袋《ふくろ》の中のおばさんにたずねる。

「池の中で、なんかみつけたの？」

袋《ふくろ》の底《そこ》から、ホギおばさんがこたえるのが聞こえた。

「池の中には、なんにもなかったけどね。あれは浅《あさ》い池だよ。水がにごってて外からじゃ見えないけど、もぐるとすぐに、コンクリートの底《そこ》にぶつかっちまうんだ。すんでいるのは、でっかい金魚が二ひきと、コイが一ぴき。つまらない人工の池さ。だけど、あたしがもぐっていたら、あの池の底《そこ》の、もっと下の地面のおくから、なにかが、しきりに聞こえてくるんだよ」

「え?」

ユイは、はっといきをのんで、タクミと目を見かわした。ユイとタクミの頭の中には、同時に、おなじことがうかんでいた。

モエから聞いた、あのことばだ。

——おおい。出てこぉい。のぼっておいでえ。

ユイは、モエがいっていたことをはっきりと思い出した。なぞの男の子は、池の中にむかって、そうよびかけていたのだ。竜《りゅう》ではなく、池の底《そこ》の、さらに底《そこ》でねむっているなにかにむかって、男の子がそのことばをなげかけていたと、モエはいっていたのである。

「なにが聞こえたの? だれかの声?」

タクミがたたみかけるように、おばさんにたずねると、また袋《ふくろ》の底《そこ》から答えがかえってきた。

「わからないよ。ことばにならないことばさ。声ともいえない声だよ。でも、たしかに聞こえるんだ。なにかが、ザワザワと池のもっと下でざわめいて、さわいでるのがね」

——おおい。出てこぉい。のぼっておいでえ。

また、あのことばがユイの頭の中によみがえった。もしかすると、男の子によばれて、地面の底《そこ》でねむっていたなにかが目をさまし、地上にのぼってこようとしているのだろうか？

深まっていく夕闇《ゆうやみ》の中で、ちょっと背中《せなか》がゾクリとして、ユイは首をすくめた。

「もう一つ、わかったことがある」

袋《ふくろ》の底《そこ》で、おばさんがいった。

「このあたりには、どうやらむかし、大きな池か沼《ぬま》があったようだよ」

「大きな池か沼《ぬま》？」

タクミがつぶやき、もう一度、ユイと二人で顔を見あわせる。

それも、モエがいっていた話とかさなる。なぞの男の子は、むかし、大きい池に竜《りゅう》がすんでいたのを見たことがあると、いっていたらしい。

ユイは、ドキドキするむねをおさえて、ホギおばさんにたずねてみた。

「このあたりって、どこらへん？　どうして、むかし大きい池か沼《ぬま》があったなんて、わかるの？」

袋《ふくろ》の中から、おばさんの返事がかえってきた。

「このあたりってのはね、ここら一帯《いったい》ってことだよ。この家も庭も、となりの幼稚園《ようちえん》も、おまえがいま立っている道も、すっぽりのみこむぐらいの大きな池か沼《ぬま》だよ。ここの地の底《そこ》には、どうやら水脈《すいみゃく》が走ってるんだね。むかしは、そこから地面の上に、たっぷり水がわきだしていたのさ。いまは、水の道すじが変《か》わって、その池は枯《か》れ、深い地面の下にうまってしまっている。だけど、あたしには、ちゃんとわかるのさ。地勢《ちせい》を読むのは、占《うらな》いの基本《きほん》だからね。目と鼻をつかって、注意してさぐれば、土地が教えてくれるんだよ。何百年もむかしの記憶《きおく》をね」

ユイとタクミは、おばさんがみつけたものと、モエが話していたできごとのつながりを、頭の中でひっしに組み立てようとしながら、だまりこんでいた。

地面の下に消えた古い池。地の底《そこ》でねむっているなにか。なにかをよびさますことば。そして、カエルの口の呪《のろ》い——。

とうとう、タクミが深いためいきをもらした。

「やっぱ、さっぱりわかんないや。なにがどうなってるのか……。だれがモエに、どうして、カエルの口の呪《のろ》いなんてかけたのか……」

おばさんが袋《ふくろ》の底《そこ》で、シュウシュウいうような音をたててわらうのが聞こえた。ホギおばさんの、くぐもった声がする。

「あんたたちは、モエが、だれだかわからない男の子に、カエルの口の呪《のろ》いをかけられたのが、ふしぎでたまらないらしいけどね、ふしぎなことがおきるには、ちゃんと、ふしぎなことがおきる理由ってもんがあるんだよ。かならずね」

ユイは、たずねかえした。

「理由って、たとえば、どんな?」

おばさんが、しれっとこたえる。

「そりゃあ、まだわからないよ。けどね、消えた池か沼《ぬま》も、いま、この地面の底《そこ》でさわいでいるなにかも、きっと、ぜんぶつながってるんだよ、今回の騒動《そうどう》にね。あたしゃ、そう思うよ」

タクミが口をとがらせて、ブツブツいった。

「やっぱ、まだなんにもわかんない、ってことじゃん……」

そのときである。

「タクミ……」

ユイとタクミは、ほんとうに飛《と》びあがった。だれかに名前をよばれ、はじかれたように顔をあげたタクミの頭が、ガツンとユイのあごにぶつかったのだ。

〈いたっ!〉と思ったが、もんくをいおうとしたことばは、ひっこんだ。細い通りの街灯《がいとう》の下にたたずんで、こっちを見ている女の子がいる。どうやら、タクミの友だちらしい。

「安井《やすい》さん……」

タクミがびっくりしたように、その子の名前をよんで質問《しつもん》した。

「なにやってんの? こんなとこで」

安井《やすい》さんとよばれた女の子は、タクミのことをじろじろながめながらこたえる。

「きょう、おばあちゃんちでごはん食べるの。ママ、夜勤《やきん》の日だから。おばあちゃんち、その角のむこう」

「へえ……」とうなずいたきり、タクミはだまりこんだ。

「あのさ……」

するとこんどは、安井《やすい》さんが質問《しつもん》をきりだした。

「タクミこそ、なにやってんの? 買いもの袋《ぶくろ》の中に、なにかはいってんの? いま、しゃべってたよね？　袋《ふくろ》ん中のぞいて」

ギクッとして、ユイとタクミは顔を見あわせた。ホギおばさんにしゃべりかけていると
ころを、安井《やすい》さんに見られたらしい。

「ペ……」

せっぱつまったようすで、タクミがせきこむようにこたえた。

「ペット！　ペット、はいってるんだ！　いま、散歩中《さんぽちゅう》で……」

〈ペット？〉

ユイはおもわず、せめるような目でタクミを見てしまった。

「ペットって？」

安井《やすい》さんが、あやしむようにたずねる。

「だって、タクミんち、ペット禁止《きんし》っていってたよね？」

〈ほうら、やっぱり、ペットだなんていうから、こんなことになる！〉

ユイは、心の中でタクミを非難《ひなん》した。

「だから……、つまり……、ペットっていっても……」

「ペットっていっても、犬とか猫《ねこ》じゃないの！」

しどろもどろのタクミの横で、ユイは大声をはりあげてこたえた。なぜって、そのとき袋《ふくろ》の底《そこ》で、ホギおばさんがブツブツもんくをいいだしたからだ。

「だれがペットだって？　あたしは、あんたたちのペットなんかじゃないよ、しつれいな……」

そのつぶやきをかきけすために、ユイはひっしで声をはりあげつづけた。

「うちのマンション、犬も猫《ねこ》も飼《か》っちゃいけないからね！」

どうやら、ユイの努力《どりょく》のかいあって、ホギおばさんの声は、安井《やすい》さんの耳にはとどかなかったようだ。しかし、安井《やすい》さんは、つぎの質問《しつもん》をくりだしてきた。

「じゃ、なに？　ペットって、なに？」

とほうにくれ、タクミと顔を見あわすユイのかたにかけた袋《ふくろ》の中で、ホギおばさんがあばれはじめた。どうやら、ペットよばわりされたことに、本気ではらをたてているらしい。

ユイは、せめるようにタクミをにらんだ。

ガサガサ、ゴソゴソとはでな音をたてて、買いもの袋《ぶくろ》の中であばれているなにかを、安《やす》井《い》さんはきょうみしんしんで見つめている。

「ずいぶん、あばれてるね。なにがはいってんの？」

ユイは袋《ふくろ》の上から、うごきまわるカエルの体をおさえつけようとがんばっていた。

「ペットって……つまり……」

タクミは、安井《やすい》さんの追求《ついきゅう》をかわそうとがんばっている。

「つまり……えっと、それはね……ハムスター！」と、タクミが宣言《せんげん》した、ちょうどそのとき。ついに、あばれていたホギおばさんが、買いもの袋《ぶくろ》のふちに手をかけ、袋《ふくろ》から頭をつきだすことに成功《せいこう》した。

とつぜんあらわれた、でっかいガマガエルの顔を見つめたまま、ユイとタクミと安井《やすい》さんは、かたまった。

タクミが前言《ぜんげん》をごまかすために、力なくいいたすのが聞こえた。

「……だと思うだろ？　……ところが、じつは、ガマガエルなんでした……」

安井《やすい》さんが、ユイたちのまえから、じりじりとあとずさりしはじめた。

「それ、ペットなの？　タクミんち、ガマガエル飼《か》ってんの？　ガマガエル、散歩《さんぽ》さしてんの？」

そう問いかける安井《やすい》さんの顔は、街灯《がいとう》の光の下であおざめているように見えた。

「だれがペットだい」

ホギおばさんのふきげんなつぶやきをかきけすために、ユイはふたたび、大声をはりあげなければならなかった。

「だれが、ペットにしようっていったかっていうとね、タクミなんだよ！　タクミがひろってきて、どうしてもペットにしたいっていったから、もう、みんなこまっちゃってるんだ！　ガマガエルのペットなんてねえ！」

「え？　ぼく？」

タクミがうらめしそうにユイを見たが、ユイはしらん顔をした。だって、タクミがじぶんでまいた種《たね》なのだ。タクミに責任《せきにん》をとってもらうのが当然《とうぜん》だと、ユイは思っていた。

「……へんなの……」

安井《やすい》さんが、少しはなれた街灯《がいとう》の下から、

こっちを見てボソッといった。

「ガマガエルがペットだなんて、へんなの……」

そういいすてると、安井《やすい》さんは、くるりときびすをかえし、どこかへかけだしていってしまった。きっと、ガマガエルをよけて、おばあちゃんの家まで遠まわりすることに決めたのだろう。

「あああ……」

タクミが、深いためいきをもらした。

「最悪《さいあく》だよ。ぼく、変人《へんじん》だと思われちゃった。ぜったいあした、安井《やすい》さん、クラスじゅうにいいふらす気だ。女子って、おしゃべりなんだもん」

「あんたこそ」と、ユイはいいかえした。

「よけいなことというから、こうなるのよ」

「ふん。くだらない」

さっきまであばれていたホギおばさんが、袋《ふくろ》のふちで大きなあくびをした。

「あたしゃ、つかれたよ。さっさと家に帰って、たらいの池でひと休みしたいもんだ。今夜の晩《ばん》ごはんは、なんだろうねえ」

袋《ふくろ》の底《そこ》のタオルのあいだに、もぞもぞともぐりこんでいくおばさんをながめながら、ユイとタクミは、そっとためいきをもらした。

ユイは、ずっしりと重たい買いもの袋《ぶくろ》をそうっとかたからおろし、タクミにさしだした。

「はい。帰り道は交代だよね？」

袋《ふくろ》をうけとりながら、タクミがもう一度、大きなためいきをつくのが聞こえた。

5

蛙供養《かえるくよう》

ホギおばさんは、マンションに帰るまでの道中も、ねむるどころか、ずうっともんくをいいっぱなしだった。

「おねえちゃん。やっぱ、じゃんけんして、かわりばんこでもとうよ」

「むりっ！」

タクミの提案《ていあん》を、ユイは即座《そくざ》に却下《きゃっか》した。

やっとこさっとこ、家の玄関《げんかん》にたどりついたときには、ユイもタクミも、もうぐったりだった。

「ただいま」

ユイがそういいながら、ひっぱりあけたドアの中をのぞいてみると、玄関《げんかん》マットの上にがんばっていたおじいちゃんガエルのすがたは消え、かわりに、パパのくつが玄関《げんかん》のすみにあらわれていた。

「あ……パパ、もう帰ってきたんだ」

タクミが、そろえられた黒い革《かわ》ぐつを見てそういったとき、ちょうど、リビングとろうかのあいだのドアをあけて、パパが顔を出した。

「やあ、おかえり。パパも、いま帰ってきたとこなんだ。ちょうどいま、鬼丸《おにまる》おじいちゃんのために、快適《かいてき》なたらいの池をつくってたとこだよ。そっちは、どうだい？　なんか、調査《ちょうさ》の収穫《しゅうかく》はあったかい？」

「うーん……」

ユイとタクミは、なんといえばいいのかわからなくて、顔を見あわせる。

ユイがなにかいおうとしたとき、買いもの袋《ぶくろ》の中で、ホギおばさんがあばれだした。タクミがあわてて、買いもの袋《ぶくろ》をゆかの上におろすと、スーパーの袋《ふくろ》をガサガサかきわけて、おばさんガエルがろうかに出てきた。

「ああ、まったく、たいへんだったよ。この子たちときたら、思いやりのかけらもないんだからね。袋《ふくろ》の中におしこまれてはこばれるのが、どんなもんかなんて、まったくおかまいなしなんだから、いやになるよ。ふりまわされて、ゆすぶられて、もう、あたしはへとへとだよ」

ユイとタクミは、おもわず無言《むごん》で顔を見あわせてしまった。

〈思いやりのかけらもないなんて……。あんなにていねいに、はこんだのにねえ〉と、ユイは視線《しせん》でタクミに語りかけた。

〈へとへとは、こっちだよねえ〉と、タクミの目がいっている。

パパは、二人のものいいたげな視線《しせん》に気づいたようだったが、〈まあ、まあ〉というように、ユイとタクミのかたをぽんとたたいて、ホギおばさんに声をかけた。

「それは、おつかれさまでしたね。おばさんの池の水も入れかえておきましたよ。どうぞ池にひたって、ゆっくり休んでください」

リビングのほうへ、ピョンピョン飛《と》びはねてゆくホギおばさんを見送りながら、ユイはパパにこっそりささやいた。

「最悪《さいあく》だよ。おばさんたら、ずうっと、もんくいいっぱなしなんだもん」

「ぼくなんて、けっきょく買いもの袋《ぶくろ》ごと、おばさんをだっこして帰ってきたんだよ」

タクミもいいつける。

パパはうかがうように、リビングに消えたガマガエルのほうをふりかえり、それから、ユイよりもっとひそめた声になって、ささやいた。

「とにかく、いっこくも早く、おじいちゃんとおばさんにかけられた呪《のろ》いをといて、さっさと山に帰ってもらおう。このまま、ここにいすわられたら……、いや、つまり、このまま呪《のろ》いがとけなかったら、たいへんだからね。で、どうだった？　なにか、わかったことは？」

ユイが、その質問《しつもん》にこたえる。

「あのね、いろいろ、モエがいってたこととぴったりの発見があって、びっくり。おばさんがいうには、園長先生んちの庭の池の底《そこ》より、もっと深い地面の底《そこ》のほうから、なにかが聞こえてくるんだって。モエはね、園長先生んちにモエをつれてったなぞの男の子が、池の底《そこ》のもっと底《そこ》でねむってるやつによびかけてた、っていってたんだよ。『おおい。出てこぉい。のぼってておいでえ』って」

パパは「ふうん」といって、少し考えこんだ。タクミが、考えているパパにむかって、つけたしの報告《ほうこく》をした。

「それからね、パパ。あそこの、園長先生んちとか幼稚園《ようちえん》のあたりって、むかしは、大きな池か沼《ぬま》だったんだって、ホギおばさんがいってた。その池か沼《ぬま》は、いまはもう枯《か》れちゃって、地面の底《そこ》にうまってるらしいんだけど、それも、モエがいってた男の子の話とあってるんだよね。だって、その子さあ、むかしむかし、大きい池に竜《りゅう》がすんでるのを見たことがあるって、いってたらしいから……」

「なるほど……」

パパはしんけんな顔でうなずいた。

「それは、もっとしらべてみるひつようがありそうだな。あとで、インターネットをのぞいてみよう。幼稚園周辺《ようちえんしゅうへん》の地域《ちいき》のむかしのことがわかれば、なにか、消えた池の手がかりがみつかるかもしれないからね」

「ムコどの！」

リビングから、鬼丸《おにまる》おじいちゃんのどなり声が聞こえた。

「追加《ついか》の水はまだかな？　あと、ほんのちびっと池に水をたしてほしいという、わしのささやかな願《ねが》いは、いったいいつになったら、かなえてもらえるんじゃ？」

パパは、口から出かかったためいきをのみこみ、「はーい！」と、返事をかえした。

「お義父《とう》さん、いまいきますよ。もうちょっと、まっててください」

あたふたと、おふろ場に水をくみにいくパパを見て、タクミがかわりに、ためいきをついた。

こんどは、リビングの中から、ホギおばさんの声が聞こえてきた。

「きょうの晩《ばん》ごはんは、なんだい？　あたしゃ、もうおなかがぺこぺこだよ！」

「今晩《こんばん》は、アジの竜田揚《たつたあ》げと、ホウレンソウのゴマあえと、ダイコンのおみそ汁《しる》よ」

ママがこたえている。ホギおばさんがキイキイ声をあげた。

「早くしとくれよ！　もう、まてないよ！　あたしは、はらぺこなんだからね！　おなかがへった！　おなかがへった！　おなかがへったよお！」

ユイは、タクミにささやいた。

「早く呪《のろ》いをとかなくちゃ……。おじいちゃんとおばさんが、ずっとうちにいたら、みんなストレスでパンクしちゃうよ」

夕飯《ゆうはん》も、たいへんなさわぎだった。鬼丸《おにまる》おじいちゃんとホギおばさんは、ユイたちといっしょにテーブルについたのだが、もちろん、いすにすわるというわけにはいかなかった。いすにすわったのでは低《ひく》すぎて、テーブルの上の料理《りょうり》に口がとどかなかったからだ。

だから、おじいちゃんとおばさんは、テーブルの両はしにじんどって、目のまえにならべられた料理《りょうり》をパクつくことになった。つまりユイたちは、でっかいガマガエルがのっかるテーブルで、夕飯《ゆうはん》を食べることになったわけである。しかも、このガマガエルペアの食欲《しょくよく》がすごかった。

カエルになったおじいちゃんとおばさんは、手なんかつかわない。バクバクバクとアジの竜田揚《たつたあ》げをほおばって、あたりに食べかすを飛《と》びちらかし、おわんの中に頭をつっこんで、みそ汁《しる》をガブのみする。

「熱《あつ》い！　こりゃ、熱《あつ》すぎる！」

みそ汁《しる》の中から顔をあげて、鬼丸《おにまる》おじいちゃんがいった。

「もうちょっとさめてから、のめばいいでしょ？」

ママが、あごからみそ汁《しる》をしたたらせているおじいちゃんをにらんでいった。

「あーっ！」

ホギおばさんのすぐ横でごはんを食べていたタクミが、さけび声をあげた。

「おばさん！　ぼくの竜田揚《たつたあ》げ、食べないでよ！」

ホギおばさんは、ムシャムシャムシャムシャと口の中でアジをかみくだきながら、もぐもぐと

いった。

「しらないねえ。あんたのなんて、食べてないよ」

「うそだ！」

タクミはおこっている。

「さっき、ぴゅって舌《した》のばして、ぼくのお皿からとって、パクッて口ん中に入れたの見たもん！」

「おーっ！」と、こんどはパパがさけんだ。

「お義父《とう》さん。なんでお義父《とう》さんまで、ぼくのアジを食べるんですか？　まだちゃんと、じぶんの分があるのに……」

「舌《した》のねらいが、うまくさだまらんのじゃ。まだ、カエルになってから日が浅《あさ》いからなあ」

ママは、おじいちゃんのいいわけをうたがっているようだった。きびしい目で、鬼丸《おにまる》おじいちゃんとホギおばさんを見つめ、ママはくぎをさした。

「お父さん、おばさん。二人とも、あんまりおぎょうぎが悪いと、みんなといっしょのテーブルでごはんを食べるのは、やめてもらいますからね。たらいの池でごはんを食べるのがいやだったら、いますぐ、ひとのおかずをとるのは、やめてちょうだい」

「だから、わざととったんじゃないって、いっとるだろ？　まったく、口うるさいとこは、母さんそっくりだな……」

鬼丸《おにまる》おじいちゃんはブツブツいいながら、じぶんの分のアジの竜田揚《たつたあ》げを、ガツガツと口にほおばった。

「モエ……、あんた、なにやってるの？」

ユイはむかいの席《せき》の妹を見て、目をむいた。モエは、おじいちゃんとおばさんのまねをして、手をつかわずにアジの竜田揚《たつたあ》げを口にほおばろうと奮闘中《ふんとうちゅう》だった。

「モエもできるよ！　ほら、見て！　モエも、カエルさんみたいでしょ？」

「モエ、カエルさんのまねなんかしないの。ちゃんと、お手てとおはしをつかって食べなさい」

めずらしく、ママの声はとんがっている。

「ふん！　まねをするなら、もっとちゃんとやらなくちゃね。ほら、こんなこと、できないだろ？」

ホギおばさんは、わざわざモエをあおるようなことをいって、長い舌《した》をするどくくりだし、タクミの皿の上から、ラスト一個《こ》のアジをかすめとった。

「あーっ！　ママ！　ママ！　見たでしょ?!　ホギおばさんが、ぼくのラ、ス、ト、一の竜田揚《たつたあ》げ、食べちゃったよ！」

「おばさん、さっきいったでしょ？　ひとのおかずをとるのは、やめてちょうだい！」

おこっているママのむかい側《がわ》の席《せき》で、パパが口をひらいた。

「タクミ、ほら、パパのを一個《こ》あげるから、そんな目でおばさんをにらむのはやめなさい。モエ、舌《した》をひっこめて。どんなにがんばったって、おまえの舌《した》は、カエルみたいにのびないんだからね」

タクミにおかずを一個《こ》わけてあげているパパのお皿に、ママがじぶんの分の竜田揚《たつたあ》げを一個《こ》のっけると、ホギおばさんがさわぎだした。

「あたしにも、もう一個《こ》おくれよ。きょうは、はるばる袋《ふくろ》にゆられて調査《ちょうさ》に出かけて、くたくたなんだからね。みんなより多めに食べたって、当然《とうぜん》のはずだよ」

「いいえ」

ママがきっぱりと首を横にふる。

「おばさんは、タクミのお皿からとった分とあわせて、もうじゅうぶん食べてるはずよ。これ以上《いじょう》、なんといわれても追加《ついか》はありませんからね」

「たりないよ！　まだたりないよ！　あと一個《こ》おくれ！」

ユイはいたたまれなくなって、おもわず、ホギおばさんに声をかけた。

「ホウレンソウのゴマあえでよかったら、わけてあげよっか？　あたしもう、竜田揚《たつたあ》げは食べちゃったから……」

「いいえ」

ママは、ユイにもきっぱりと首を横にふってみせる。

「もう、わけっこはおしまい。みんな、じぶんのお皿にのったものは、じぶんで食べましょう。ひとのお皿にのったものを食べるのは、ぜったいに、なし」

「ふん。なんだい、けちんぼ」

ホギおばさんは、ブツブツいった。

ふと見ると、おなかがパンパンにふくれた鬼丸《おにまる》おじいちゃんガエルは、テーブルのすみで、うつらうつら、いねむりをはじめている。あやうく、みそ汁《しる》に顔をつっこみそうになったおじいちゃんの目のまえから、パパがあわてておわんをどかした。

〈ああ……〉

ユイは、心の中でためいきをついた。これから、ずっとこんな毎日がつづいたらどうしよう、と思ったのだ。

〈なにがなんでも、どうしても、カエルの口の呪《のろ》いをとかなくちゃ……〉

夕飯《ゆうはん》が終わり、鬼丸《おにまる》おじいちゃんとホギおばさんが、やっと、たらいの池のしめったタオルの下でおとなしくなると、ユイとタクミとママは、パパの書斎《しょさい》のパソコンのまえに集合した。消えた池の手がかりをさがすためだ。モエはもう、ふとんにはいってすやすやとねむっている。家の中はしずかだった。

「まず、市史《しし》を見てみよう」

「シシって?」

タクミがパパに聞く。

「市の歴史《れきし》だよ。市のホームページに、郷土史《きょうどし》のサイトがあったはずだ」

パパはこたえて、パソコンの画面にお目あてのサイトをひらいた。

「幼稚園《ようちえん》の住所の町名を入れてみるよ。あのあたりは古い町だからね。きっと、市史《しし》にもなにかのってると思うよ」

パパのいうとおりだった。幼稚園《ようちえん》のある百楽荘《ひゃくらくそう》は、なんと室町《むろまち》時代から、すでに荘園《しょうえん》としてひらけていた地域《ちいき》なのだそうだ。町名にのこる「荘《そう》」の文字は、そのなごりだとも書いてある。明治《めいじ》時代には、すでに多くの人が住み、市内初《はつ》の小学校も、百楽荘《ひゃくらくそう》の玉泉《ぎょくせん》寺《じ》の本堂《ほんどう》ではじまったのだとか……。

「玉泉寺《ぎょくせんじ》って、幼稚園《ようちえん》のとき、よくドングリひろいにいったお寺だよね？」

ユイがパソコンの画面の情報《じょうほう》を見つめてそういうと、ママが、その画面のすみの写真を指さして、「見て……」といった。

「ほら、この写真。『玉泉寺《ぎょくせんじ》の蛙供養《かえるくよう》』って書いてあるわ」

「カエル？」

タクミが身をのりだし、パパは玉泉寺《ぎょくせんじ》のホームページをひらく。

「ええと……、天台宗《てんだいしゅう》・玉泉寺《ぎょくせんじ》は、もともと、竜神池《りゅうじんいけ》という池のはたに建立《こんりゅう》されたところから、古くは御池寺《みいけでら》ともよばれ、境内《けいだい》おくの竜王堂《りゅうおうどう》には、いまも池の守り神だったと

いわれる竜神《りゅうじん》がまつられている」

パパが、ホームページのトップに記《しる》されたお寺の説明《せつめい》を読みあげると、画面をのぞきこむみんなのあいだからは、「へえ」とか、「ふうん」とか、声があがった。

「竜神池《りゅうじんいけ》に竜王堂《りゅうおうどう》って、なぞの男の子の話と、もろ関係《かんけい》ありそうじゃん」

タクミが、わくわくしたようにいった。

「それに、蛙供養《かえるくよう》もね」

ユイがつけくわえたとき、パパが、玉泉寺《ぎょくせんじ》の〝年中行事〟という項目《こうもく》の画面をひらいた。

「おっ、あったぞ。これだな」

みんなが、新しくひらかれた画面をのぞきこむ。そこには、四月の第一日曜日におこなわれるというお祭りのようすや、内容《ないよう》の説明《せつめい》といっしょに、そのお祭りの由来《ゆらい》についても短い説明《せつめい》がのっていた。

それは、こんな話だった。

享保元年《きょうほうがんねん》（一七一六年）、百楽荘一帯《ひゃくらくそういったい》をたびかさなる豪雨《ごうう》がおそい、田畑は流され、川は氾濫《はんらん》し、村の人たちは、ほとほとこまりはてていた。いろいろうらなってみたところ、大雨をふらせているのは竜神池《りゅうじんいけ》の主《ぬし》だということがわかったので、村人たちは話しあって、村のむすめを、池の主《ぬし》にいけにえとしてささげることにした。ところが、いけにえにえらばれたむすめが池に身をしずめようとしたとき、どこからともなく、おおぜいのカエルたちがあらわれて、むすめの身がわりとなったという。

そのむすめが語ったところによると、「じぶんは以前《いぜん》、田のあぜで、ヘビにのまれそうになっていたカエルをたすけてやったことがある。きっと、あのときのカエルが恩《おん》をわすれず、仲間《なかま》とともに、じぶんをすくってくれたのだろう」ということだった。

村人たちは、カエルたちのはたらきに心うたれ、それ以後《いご》、春の田植えの季節《きせつ》がくるたびに、毎年、玉泉寺《ぎょくせんじ》でカエルたちの供養《くよう》をおこなうようになったのである。

まず、タクミが口をひらいた。

「一七一六年かあ……。むかしむかし、大むかしの話なんだね」

ユイがパパに質問《しつもん》する。

「享保《きょうほう》って、いつの時代？」

「江戸《えど》時代のまん中あたりだな」と、パパ。

「八代将軍《しょうぐん》、徳川吉宗《とくがわよしむね》のころだよ」

ママがなにかを考えこむように、じっと画面を見つめながら口をひらいた。

「一七一六年に豪雨《ごうう》があって、もし、その翌年《よくとし》の四月から、蛙供養《かえるくよう》がはじまったんだとしたら……」

ちょっとことばをきり、それからまた、ママはつづけた。

「もしそうなら、ちょうど来年で、三百年ということになるわ。蛙供養《かえるくよう》がはじまって三百年……。これって、ぐうぜんかしら？」

パパがマウスをうごかして、インターネットの画面をスクロールした。

「ああ、ほんとだ。ここに書いてある。来年は、蛙供養《かえるくよう》三百年祭がおこなわれるらしいな」

タクミが、ママの疑問《ぎもん》をなぞるようにつぶやいた。

「て、ことは……、もうすぐ蛙《かえる》供養《くよう》がはじまって三百年っていうときに、だれかがモエにカエルの口の呪《のろ》いをかけたってことか……」

ユイの心の中に、ホギおばさんのことばがうかんだ。

――ふしぎなことがおきるには、ふしぎなことがおきる理由ってもんがあるんだよ。

〈きっと、ぐうぜんなんかじゃない……〉

ユイは、ことばには出さず、そう考えていた。

――おおい。出てこぉい。のぼっておいでぇ。

また、あのことばが頭の中によみがえる。

かくされた秘密《ひみつ》が、だれかのよび声にこたえて、少しずつすがたをあらわそうとしている気がした。

6 金曜日

鬼丸《おにまる》おじいちゃんとホギおばさんがカエルになってから、二つめの朝がやってきた。

「そろそろ、山のほうでも、おじいちゃんたちはどこにいったのかって、みんなが心配しはじめてるころよ」

ママはそういったが、鬼丸《おにまる》おじいちゃんもホギおばさんも、がんとして、イツキおばあちゃんに連絡《れんらく》をとることを拒否《きょひ》しつづけていた。

モエはその日も、幼稚園《ようちえん》に大きなマスクをしていくことになった。ママはモエを幼稚園《ようちえん》に送ったあと、玉泉寺《ぎょくせんじ》によって、なにか手がかりがもっとみつからないか、しらべてみるつもりだといった。

パパは朝から、おじいちゃんとおばさんのたらい池のそうじでいそがしい。ぴかぴかにみがいたたらいに新しい水がはいると、鬼丸《おにまる》おじいちゃんとホギおばさんのカエルたちは、おとなしくそれぞれの池にもどって、ぬれタオルの下にもぐりこみ、うとうととまどろみはじめた。きっと、細かくきざんでミルクにひたしたトーストと、ハムエッグをたっぷり食べて満足《まんぞく》したのだろう。ユイとタクミは、おじいちゃんたちをおこさないように、そうっと学校に出かけた。

その日、ユイは三時間目の図書の時間に、思いたって、町の歴史《れきし》のことをもう少ししらべてみることにした。いま信田《しのだ》家でおこっていることと、三百年まえをつなぐなにかがみつからないだろうか、と考えたのだ。

「校区とか町の歴史《れきし》がのってる本て、ありますか?」とたずねるユイに、司書《ししょ》の先生は、書庫から出してきた一冊《さつ》の本を手わたしてくれた。何年かまえに、市制《しせい》五十周年《しゅうねん》を記念《きねん》して市役所が発行した冊子《さっし》なのだそうだ。

『ふるさと今昔《いまむかし》』というタイトルどおり、その冊子《さっし》には、ユイたちのくらす町の歩みが、年表ふうにまとめてのっていた。

その年表によれば、このあたりには、どうやら弥生《やよい》時代から人が住みついていたらしい。

市の東部からは、弥生《やよい》時代の土器《どき》や住居《じゅうきょ》あとが発掘《はっくつ》された、と書いてある。

さらに、いまから千年以上《いじょう》まえの平安《へいあん》時代には、この地域《ちいき》にあった大きな池から水をひいて灌漑《かんがい》がおこなわれ、一帯《いったい》には田畑がひろがっていたのだそうだ。

〈千年以上《いじょう》まえの大きな池……。これが、竜《りゅう》のすんでたっていう池なのかな？　でも、そんなむかしの池のことをしってるなんて、いったい……〉

ユイは、モエから聞いた男の子のことを考えながら、年表に目を走らせる。

江戸《えど》時代のところを見ると、玉泉寺《ぎょくせんじ》のホームページにのっていた豪雨《ごうう》のことが、ちゃんと記《しる》されていた。

享保元年《きょうほうがんねん》（一七一六年）の集中豪雨《しゅうちゅうごうう》で、百楽荘一帯《ひゃくらくそういったい》に大きな被害《ひがい》が出た、と書いてある。

〈へえ……死者数十名かあ……。玉泉寺《ぎょくせんじ》のいいつたえだと、この雨をふらせたのが、池の主《ぬし》っていうことになるわけだよね〉

あれこれ考えながら年表を見終わり、ぱらぱらとページをめくる。〝町の伝統行事《でんとうぎょうじ》や祭り〟のページには、玉泉寺《ぎょくせんじ》の蛙供養《かえるくよう》の写真ものっていた。長い青竹を、黒い法衣《ほうえ》すがたのおぼうさんたちが、なたをふるってきっている写真だ。青竹を、雨風をもたらす池の主《ぬし》に見たてて、退治《たいじ》しているのだそうだ。

そのあとには、現在《げんざい》の町の特産品《とくさんひん》や商業を紹介《しょうかい》するページがあって、猫《ねこ》とヒヨコをミックスしたような、見おぼえのある町の〝ゆるキャラ〟が出てきて……。

ユイが、もう冊子《さっし》をとじようかな、と思ったとき、最後《さいご》のおまけのような、むかし話の特集《とくしゅう》ページがあらわれた。このあたりにつたわる、そのむかし話の中に〝竜神池《りゅうじんいけ》の大蛇《だいじゃ》〟というタイトルをみつけて、ユイは、はっと目を見はった。

〈竜神池《りゅうじんいけ》の大蛇《だいじゃ》？　竜《りゅう》じゃなくて、大蛇《だいじゃ》の話？〉

おもわず、むかし話に読みいる。それは、こんなお話だった。


むかしむかし、百楽荘《ひゃくらくそう》に「すげ池」という大きな池がありました。池の岸辺《きしべ》に、みのや菅笠《すげがさ》の材料《ざいりょう》にする菅《すげ》が多くはえていたことから、すげ池という名がついたのですが、この池には竜神《りゅうじん》がすまうと、村の人たちはしんじていました。すげ池が、いつのころか竜神池《りゅうじんいけ》とよばれるようになったのも、村の人たちが、その竜神《りゅうじん》をまつるほこらを池のほとりに建《た》てたからなのだそうです。しかし、時が流れ、時代がうつるうちに、ゆたかだった池の水は少しずつ干《ひ》あがり、竜神《りゅうじん》のほこらは朽《く》ちはて、美しかった竜神池《りゅうじんいけ》は、見るかげもなくあれはててしまいました。

すると、その、あれた池に一ぴきの大蛇《だいじゃ》がすみついて、村の人たちをこまらせるようになったのです。大蛇《だいじゃ》は、人間のすがたに化《ば》けて村人をたぶらかしたり、ときには雲をよび大雨をふらせ、田畑をめちゃくちゃにしたりしました。

弱りはてた村人たちが、なんとか大蛇《だいじゃ》を退治《たいじ》する方法《ほうほう》はないかと相談していると、あぜ道のくさむらから、ガマが一ぴき飛《と》んで出て、ふしぎな歌をうたいだしました。

竜神池《りゅうじんいけ》の大蛇《だいじゃ》どの　なぁにがいちばんこわい？
鉄砲《てっぽう》よりも　鎌《かま》よりも　針《はり》がいちばんこわい
ビッキ　ビッキ　ケケロッケ

この歌を聞いて、大蛇《だいじゃ》の弱点が針《はり》だとしった村の人たちは、村じゅうから集めた針《はり》を竜神池《りゅうじんいけ》に投げこみ、大蛇《だいじゃ》を退治《たいじ》したということです。

「えっ？　竜《りゅう》じゃなくて、池にすんでたのは大蛇《だいじゃ》？　大蛇《だいじゃ》が悪者なの？」

ユイは、おもわず口に出してつぶやいてしまった。

玉泉寺《ぎょくせんじ》のホームページの情報《じょうほう》では、大雨をふらせたのは竜神池《りゅうじんいけ》の主《ぬし》だということになっていた。それを読んだユイたちは、てっきり、主《ぬし》というのが竜《りゅう》だと思いこんでいたのだが、こっちのむかし話では、あれはてた竜神池《りゅうじんいけ》にすみついて大雨をひきおこしたのは、大蛇《だいじゃ》だと書いてある。

「いけにえのむすめも出てこないしなあ……。いちおうカエルは出てくるけど……」

ユイのひとりごとを聞きつけて、となりの席《せき》にすわっていたアカネちゃんが、ひろげていた本から目をあげた。

「ユイちゃん、なに、ブツブツいってるの？」

「え？　あ、ごめん。あのさ、ちょっとね、ここにのってるむかし話のことなんだけどね。アカネちゃん、玉泉寺《ぎょくせんじ》の蛙供養《かえるくよう》って、しってる？」

「しってるよ」

アカネちゃんは意外にも、あっさりとうなずいた。

「え？　しってるの？」

「うん。でも、最近《さいきん》はいってないよ。ちっちゃいころ、おじいちゃんにつれてってもらったことがあるだけ。アルバムに、写真はってあるもん。ちっちゃいころっていうか、赤ちゃんのころだけどね。なんで？」

アカネちゃんにひそひそ声でたずねられ、ユイは、なんといおうかとあたふたしながら、低《ひく》い声でこっそりこたえた。

「えっとね……、きのうパパが、蛙供養《かえるくよう》の由来《ゆらい》の話をしてくれたんだ。竜神池《りゅうじんいけ》の主《ぬし》が大雨や洪水《こうずい》をひきおこしてこまっちゃうから、それをやめさせるために、村のむすめを池の主《ぬし》のいけにえにしようっていうことになるの。でも、カエルが出てきて、むすめの身がわりになってくれたっていう話。そのカエルはね、まえに、ヘビにのまれそうになってるとこをむすめにたすけられたから、恩《おん》がえしをしたんだって。それが、ここにのってる竜《りゅう》神池《じんいけ》のむかし話と、微妙《びみょう》に似《に》てて、微妙《びみょう》にちがってるな、と思って……」

「むかし話って、そういうものなんだよ」

アカネちゃんがまた、さらりといったので、ユイはびっくりしてしまった。

「え？　そういうものって？」

聞きかえすユイに、アカネちゃんは説明《せつめい》してくれた。

「うちのママがいってたよ。むかし話って、あっちこっちに、よく似《に》たお話がいろいろの

こってるんだって。よく似《に》てるけど、ちょこっとだけちがうお話がね。それって、どれが正《せい》解《かい》ってことじゃなくて、つたわってる地域《ちいき》とか時代によって、アレンジされてたりするものらしいよ」

「へえ……」

ユイは、ますます目をまるくして、アカネちゃんの顔を見つめた。

「なんで、アカネちゃんのママ、むかし話にくわしいの？」

「ほら、ママ、お話し会のボランティアやってるから。まえ、学校にも〝読《よ》み語《がた》り〟しにきてたでしょ？　だから、むかし話とか絵本とか、そういうの、くわしいみたい」

アカネちゃんは、ちょっぴりとくいそうな顔になって、にこりとほほえむ。

「へえ……。すごいね、アカネちゃんのママ……」

ユイは心から感心してそういうと、テーブルの上の冊子《さっし》に、もう一度目をおとした。

〈そうだよなあ……〉

ユイは心の中で考えていた。いまから三百年もまえにおこったことが、きちんと正しく現在《げんざい》までつたわっているはずがない。玉泉寺《ぎょくせんじ》のホームページにのっていた話も、この冊子《さっし》の中の物語も、なにが正しくて、なにがまちがっているかなんて、わかりっこないのだ。けっきょく、どれだけしらべようとしても、三百年まえになにがあったのか、つきとめるのはむりだろう。今回の呪《のろ》いが、もしほんとうに三百年まえのできごとと関係《かんけい》があるのだとしても、それをつなぐ手がかりは、かんたんにはみつかりそうになかった。

そう思うと、きゅうにぐったりした気分になって、ユイは手もとの冊子《さっし》をパタンととじた。

授業《じゅぎょう》の終わりをつげるチャイムが鳴りはじめた。

その日もユイは、家まで走って帰った。とちゅう、何人かの友だちとぞろぞろ歩いているタクミを追いこしたが、その集団《しゅうだん》の中に見おぼえのある女の子の顔をみつけて、ユイは一瞬《いっしゅん》〈え?〉と足をとめた。

きのう、園長先生の家のまえで出くわした女の子だ。名前は、たしか安井《やすい》さんだっけ……。なにか、ものいいたげにこっちを見ているタクミと目があったが、ユイはそのまま、またまえをむいて走りだした。

まったく、タクミときたらお気楽なんだから、とはらがたった。家じゅうがカエルの口の呪《のろ》いで大ピンチなのに、友だちとダべりながら、のんびり帰ってくるなんて……。もし、ユイたちが学校に出かけているあいだに、なにか、もっとたいへんなことがもちあがっていたら、どうする気なんだろう? たとえば……、ええと、たとえば……。と考えたところで、ユイはつまってしまった。いまより、もっとたいへんなことを思いつけなかったのだ。モエのキスで、おじいちゃんとおばさんがつぎつぎにカエルになってしまう以上《いじょう》の一大事って、ほかにどんなことがあるだろう?

それでも、とにかく大いそぎでマンションにかけつけ、エレベーターに飛《と》びのり、ユイは家の玄関《げんかん》のドアをひっぱりあけた。

「ただいまっ!」

「おかえり」

ママと、鬼丸《おにまる》おじいちゃんの声がこたえた。

「おかえんなさーい！」

マスクをしたモエが、ろうかに顔をのぞかせた。どうやら、なにも変《か》わったことはおこっていないようだ。ほっといきをついて、モエにたずねる。

「ホギおばさんは？」

「ハエを食べる練習してるよ」

モエのことばに、ユイはくつをぬぎかけたまま、かたまった。

「え？　おばさん、ついにハエまで食べだしたの？」

「ハエを食べるんじゃなくて、ハエ、食べる練習」

モエのいうことは、よくわからない。

ユイがリビングにはいっていってみると、ホギおばさんは、じゅうたんの上にばらまかれた色とりどりのマーブルチョコレートを一つずつ、舌《した》でからめとる訓練《くんれん》のさいちゅうだった。

「もっとすばやく！　もっと確実《かくじつ》に！」

なにをはりきっているのか、じぶん自身にかけ声をかけながら、するどい動きで舌《した》をくりだし、マーブルチョコを一つぶずつ、目にもとまらぬ早わざで口の中にはこんでいる。

鬼丸《おにまる》おじいちゃんのほうは、たらいの池の中でだらしなく、おなかを出してねそべっていた。

「ママ、玉泉寺《ぎょくせんじ》はどうだった？」

ユイがそう質問《しつもん》して、ママがなにかいいかけたとき、玄関《げんかん》のドアがいきおいよくひらいて、すぐにしまった。

「たいへんなことになっちゃった!!」

そうさけびながらかけこんできたのは、タクミだった。さっきは、あんなにだらだら歩いていたのに、ずいぶん早く帰ってきたものだな、とユイはおどろいて、リビングの入り口に立つ弟を見た。

タクミは、せっぱつまった顔をしていた。なにかに追いかけられているみたいに、ちらちらと玄関《げんかん》のほうをふりかえりながら、泣《な》きそうな顔をして、タクミがさけんだ。

「みんながくるよ！　友だちが六人！」

「えっ？　あんた、友だち、家によんだの？」

ユイは非難《ひなん》をこめて、タクミをにらみつける。

「どうして、よぶのよ?!　わかってるの?　おじいちゃんと、ホギおばさんがいるんだよ!!　しかも、どっちもカエルになっちゃってるんだよ!!」

「カエル、見にくる!!」

タクミは、そうさけんだ。

「みんなが、ぼくのペット見たいって!　安井《やすい》さんが学校でバラしたんだよ!　カエルのペットのこと!」

「ええっ?!　わざわざ、カエル見にくるの?!　なんで、あんたの友だち、カエルなんか見たいのよ?!　しかも、六人も?!」

「だって……」

タクミはほんとうに、いまにも泣《な》きだしそうだった。

「安井《やすい》さんが、『タクミんちのペット、ガマガエルなんだって』っていってさ、みんながバカにしたから、ぼく、いっちゃったんだ」

「いっちゃった?」

聞きかえして、ユイはママと顔を見あわせた。とっても、いやな予感がする。

「なんていったの?」

ママが、おさえた声でタクミにたずねる。

タクミはそわそわして、もじもじして、なかなかこたえなかった。

「タクミ、なんていったのか、いいなさい」

ママがもう一度うながすと、とうとう、消えいりそうな声でタクミが口をわった。

「ただのカエルじゃないもんって……。いろいろ芸《げい》ができるんだって、いっちゃった」

「えーっ!!」

ユイがさけんだ。

ママが念《ねん》をおすように、タクミにたずねる。

「それで、みんなが、芸《げい》をするカエルを見にくることになったのね?」

「そう」

しょんぼりして、タクミはうなずく。

「だめだよ！　そんなの！　ことわらなきゃ！　やっぱ、きょうはつごうが悪いとか、カエルのちょうしが悪いとかいって！」

ユイがいい終わるより早く、玄関《げんかん》のインターホンのチャイムが鳴りひびいた。

ピンポーン！

ママとタクミとユイは、いきをのんで、玄関《げんかん》のドアのほうを見つめた。

「はーい」といって、玄関《げんかん》に出ていこうとするモエのうでを、ユイがつかんでひきとめた。

「だめっ！　あけちゃダメ！」

ひそひそ声でいうと、モエはぽかんとしてユイの顔を見あげた。

「しょうがないわ」

ママがいった。

「もうきちゃったんだから、はいってもらって、一つか二つ、芸《げい》を見てもらって、帰ってもらうのよ、さっさとね。いい？　お父さん、おばさん、協力《きょうりょく》してくれるわよね？」

「なにをすればいいんじゃ？」

鬼丸《おにまる》おじいちゃんが聞いた。

「やなこった」

ホギおばさんがいった。

「ユイ！　ホギおばさんをたらいに入れて、おふろ場へ！」

「オ、オッケー！」

ユイは大あわてで、ホギおばさんの体をかかえあげ、たらいにおしこみ、そのたらいを

もちあげて、おふろ場へ走った。

「おばさん、協力《きょうりょく》はしなくていいから、ここでちょっと、しずかにしててね」

そういって、ユイがおふろ場のドアをぴっちりしめたとき、二度目のチャイムが鳴った。

ピンポーン！

「いいわね？　みんな？」

ゆかにちらばったマーブルチョコをひろいあつめながら、ママがいった。

「お父さん、たのんだわよ。わかってると思うけど、ぜったい、しゃべるのは、なしですからね。カエルがしゃべったら、大さわぎになるわ。それから……」

ピンポーン！

せかすような三度目のチャイム。

ママはついに、ユイにうなずいてみせた。

「ユイ……、ドアをあけてちょうだい」

ユイは大きく深呼吸《しんこきゅう》をして、玄関《げんかん》に出ていった。ドアに手をかけ、外にむかっておしあけると――。

「こんにちはー。タクミくん、いますか？」

六人のクラスメイトの先頭に立つ安井《やすい》さんが、むじゃきな顔でユイを見あげて、そうたずねた。

「あ……。こんにちは。タクミ、いるよ。どうぞはいって……」

女の子は、安井《やすい》さんと、もう一人。のこる四人は男の子。タクミのクラスメイトたちは、芸《げい》をするカエルを見ようと、きょうみしんしんといったようすで、ぞろぞろ玄関《げんかん》からはいってきた。

〈……もっとたいへんなことって、こういうことをいうんだ……〉

ユイは心の中で、つくづく考える。モエのキスでカエルに変《か》わったおじいちゃんを、まさか、タクミのクラスメイトたちが見学にくるなんて……。

「いらっしゃいませ」

モエが、おおぜいの子どもたちにびっくりしたように、マスクの中でもぐもぐといった。

「あら、トモキくん、アツシくん、ジュンくん……、ユウヤくんも、こんにちは」

ママは六人中の男子の名前は、全員しっていたらしい。よく遊びにくるメンバーなのだ。

ユイもしっている顔だった。子どもたちも、「こんにちは」と頭をさげる。

「女の子たちのお名前は？」

ママにたずねられ、女子二人が、ちょっとはずかしそうにこたえる。

「安井《やすい》マドカです」

「林《はやし》ムツミです」

「わあ！」

先にリビングにはいってきた男子組の中の一人が、興奮《こうふん》した声をあげた。

「ほら！　いた！　すっげえ！　でっけえ！　たらいにはいってるう！」

「すげえ！」と口々にいう男子のうしろから、たらいをのぞきこんだ安井《やすい》さんは、わらいながら、しかめっつらをした。

「やだ。でっかくて、気もちわるぅい……」

「ほんとに、このカエル、芸《げい》するの？」

林《はやし》さんは、うたがうように目をこらしている。

「ほんとだよ……」

タクミが自信《じしん》なさげに、小さい声でいった。

「なに、できんの？」

のっぽの男子が、鼻の上の眼鏡《めがね》をおしあげながら聞いた。たしかユウヤくんだっけ……と、ユイは思う。

タクミは、こまっている。

「ええと……なにかっていうと……、お手、とか……」

「えーっ！　お手、できんの?!　カエルなのにい？」

ユウヤくんらしき子が絶叫《ぜっきょう》すると、子どもらのあいだに、期待に満《み》ちたざわめきがひろがった。

「やってみて！　やってみて！」

タクミがおずおずと、たらいのまえに歩みでるのが見えた。

〈ああ、ピンチ！　おじいちゃん、〝お手〟ってわかるかなあ？　ちゃんとやってくれるかなあ……〉

ユイはやきもきと、たらいの中のおじいちゃんガエルを見まもった。

「よろしくおねがいします」

タクミが、たらいのカエルにぺこりと頭をさげた。

〈え？〉というように、子どもらが顔を見あわせている。

〈あー、タクミ……。ペットのカエルに低姿勢《ていしせい》すぎるよ……。おねがいします、だなんて〉

ユイは思ったが、もちろん口には出せない。

タクミはもう一度、カエルにむかって深々と一礼すると、きんちょうしたおももちで、
いよいよ、たらいのまえにしゃがみこんだ。

「いくよ」という合図は、友だちにいったのだろうか？　おじいちゃんにむけて発したのだろうか？

「ええと、お手、よろしく」

そういって、さしだしたタクミの右てのひらと、たらいの中のカエルの動きを、リビングの中の全員が、かたずをのんで見まもった。

カエルは……鬼丸《おにまる》おじいちゃんは、しばらく、ぴくりともうごかなかった。

ユイはむねがドキドキして、両手のこぶしをぎゅっとにぎりしめた。

〈おじいちゃん、〝お手〟がわかんないのかなあ？　それとも、お手なんかしろっていわれて、おこっちゃったのかなあ……〉

見学の子どもたちのあいだにも、〈なんだ、お手なんてやらないじゃん〉といいたげな空気がひろがりはじめている。

しかし、そのときだった。

おじいちゃんガエルが、おもむろに、一本の前足をもちあげるのが見えた。

ペシ！

その前足が、タクミのてのひらの上にのっかった。

「おおお……」という、どよめきがおこる。

「じゃ、おかわり、よろしく」

ちょうしにのったのか、タクミがそうつづけると、カエルはすかさず、てのひらにのっけていた右前足と左前足を入れかえた。

「すげえ……」

何人かの男の子たちの口から、感嘆《かんたん》のささやきがもれる。

すっかり気をよくしたらしいタクミが、さらにカエルに命じるのが聞こえた。

「じゃ、つぎは、死んだふり」

「え？」

ユイはおもわず、声に出して聞きかえした。

〈死んだふり？〉

「そんなの、むりでしょ」

安井《やすい》さんが、ばかにしたようにそういったとき——。

「おおおおお！」

リビングをゆるがすほどの歓声《かんせい》があがった。

なんと、鬼丸《おにまる》おじいちゃんガエルは、みごと、タクミのリクエストにこたえてみせたのである。

ユイは三年生の子どもたちのうしろから、のびあがって、たらいの中をのぞいた。

カエルがひっくりかえっていた。白いおなかを見せて、水の中にひっくりかえっている。

「おじいちゃん、死んじゃったの？」

モエが、いってはいけないひと言を口にしたが、さいわいにして、おどろき、もりあがる子どもたちには、マスクのかげでささやかれたモエのことばなんて、聞こえてはいないようだった。

「すげえ！」

「すげえカエルだ！」

「天才じゃね？」

「すげえ！　タクミ、天才ガエル飼《か》ってる！」

「いいなあ！」

「どこで買ったんだ？　それとも、ひろったの？」

「おれも天才ガエル、ほしいなあ」

もりあがる男子にくらべ、安井《やすい》さんと林《はやし》さんの女の子ペアは、にがにがしげな顔をしていた。芸《げい》をするカエルはうらやましいが、ガマガエルをペットにするというのは、ゾッとしない感じなのだろう。ユイだって、できればガマガエルなんて飼《か》いたくはない。

やっと、タクミが、たらいのまえから立ちあがった。

「じゃ、きょうはこれぐらいで。あんまりやると、つかれちゃうからさ、カエルが……」

ききわけのいい子どもらは、そのひと言で、「おじゃましました」とか、「じゃ、またな」とか、「さいなら」とかいいながら、ぞろぞろ玄関《げんかん》のほうへひきあげはじめた。

見れば全員、学校のかばんをもったままだ。とにかく、ひと目、芸《げい》をするカエルの真偽《しんぎ》をたしかめようと、家にも帰らず、学校からまっすぐにやってきたのだろう。

玄関《げんかん》から出ようとして、ふと思い出したように、安井《やすい》さんがたずねた。

「名前、なんていうの？」

「え？」

タクミが、ぎょっとしたように聞きかえす。

「だから、名前。あのカエルの名前。ペットだったら、名前あるんでしょ？」

「あー、うん、名前ね……」

ユイからはタクミの表情《ひょうじょう》は見えなかったが、きっと、きょときょと、目を泳がせているにちがいない。

「えっとね、名前はね……、名前は……鬼丸《おにまる》」

「鬼丸《おにまる》？」

安井《やすい》さんが首をかしげて、聞きかえしている。

「かっけー！」

だれかが、そういった。

ユイが、ちらりとたらいの中を見ると、死んだふりから、もとの四つんばいの姿勢《しせい》にもどったおじいちゃんガエルが、大きな口をゆがめて、満足《まんぞく》そうににやりとわらっていた。

7 追跡《ついせき》

その日は、ほんとうにあわただしい日だった。タクミの友だちのほかに、あと二人も、思いがけないお客がたずねてきたからだ。

一人目のお客は、ユイとタクミの部屋に、とつぜんすがたをあらわした。ならんで宿題をやっている、ユイとタクミのすぐうしろ。ベッドの下の段《だん》にあらわれて、いきなり二人に声をかけてきたのである。

「よお。わがおいよ、わがめいよ、元気だったか？」

タクミが、はじかれたようにうしろをふりかえる。

「夜叉丸《やしゃまる》おじさん！」

ユイも作文帳から目をあげ、ゆっくりとうしろをふりかえった。

「おじさん、こんにちは……。こんばんは……かな？　どうしたの？　きゅうに……」

「鬼丸《おにまる》父さんを見かけなかったか？　最近《さいきん》、こっちにこなかったかな？」

してほしくない質問《しつもん》を、夜叉丸《やしゃまる》おじさんはズバリと投げかけてきた。

しかし、ユイがなんとこたえようかと思いつくよりも早く、タクミがすらりとこたえてくれた。

「ううん。ぜんぜん。このごろ、ちっともこないよ」

「ふうん」

夜叉丸《やしゃまる》おじさんは、ブカブカ帽《ぼう》の下から、うかがうようにじっとこっちを見て、また口をひらく。

「じゃあ、ホギおばさんは？」

「こないよ。ねえ、おねえちゃん」

「あ……うん」

ユイは、いきなりあいづちをもとめられて、どぎまぎした。でも、タクミはすずしい顔をしている。

「どうしたの？　おじいちゃんとホギおばさん、どうかしたの？」

「いやあ、いなくなっちまってさ。母さんがおかんむりなんだ。しかも、父さんとおばさん、そろってっていうのが、なんだかあやしいだろ？　どっかで、なんかとんでもないことをしてんじゃないか……、それとも、どっかで、なんかまずいことになってんじゃないかって、母さん、心配しちゃってんだよ」

〈するどい！〉と、ユイは思った。たしかに、いま二人は、とってもまずいことになっている。

そのとき、リビングのほうからママの声がした。

「ユイ！　タクミ！　宿題終わった?!　ちょっと夕ごはんの準備《じゅんび》、手つだってちょうだい！」

「おっと……」

おじさんは、ママの声の聞こえた方角に目をむけて、ブカブカ帽《ぼう》に手をかけた。

「ママのおよびだな。じゃ、おれは消えるか。まあ、もし、鬼丸《おにまる》父さんかホギおばさんを見かけたら、とっとと山へ帰ってくるようにいってくれよ。早く帰らないと、イツキ母さんにかみつかれるぞってな」

そういって、夜叉丸《やしゃまる》おじさんはパッと消えていなくなった。ユイは、キツネ一族からうけついだ風の耳をすまして、おじさんの気配もにおいも完全《かんぜん》になくなったことを確認《かくにん》してから、ほうっと大きくいきをはいた。

「あー、びっくりした！　あー、びっくりした！」

そういってむねをなでおろしながら、ユイはタクミの顔を見る。

「あんた、よく、あんなにすらすらうそつけるね。将来《しょうらい》、心配になっちゃう。うそつきはどろぼうのはじまりっていうし」

「あのさ」

タクミは、むっとしてユイを見かえした。

「おねえちゃんも、ちかわされただろ？　鬼丸《おにまる》おじいちゃんと約束《やくそく》したじゃないか。もし、山のだれかに聞かれても、おじいちゃんがカエルになってうちにいることは、ぜったい、いわないって——。だから、ぼくはその約束《やくそく》を守るために、しかたなくうそついたんだからね。いわない約束《やくそく》したのにしゃべっちゃったら、モエといっしょじゃん」

そのとおりだと思って、ユイはなにもいいかえせなかった。

「ユイー！　タクミー！」

ママがよんでいる。

「はあい！」

返事をしてリビングにむかいながら、ユイは、モエと指きりをかわしたあいてのことを考えていた。何者なのか正体はわからないが、指きり一つでモエに呪《のろ》いをかけたことを考えれば、きっと強い力をもったやつなのだろう。

でも、わからないのは、そんなやつが、どうして園長先生の家の庭にはいりこむのに、わざわざモエをさそっていったのか、ということだ。もちろん、そんなところにはいりこんで、そいつがいったいなにをするつもりなのかも、なぞなのだが、でもやっぱり、いちばんふにおちないのは、モエをそこにつれていったことだ。指きりして呪《のろ》いをかけてまで口どめするくらいなら、最初《さいしょ》っから、つれていかなければよかったのに……。

〈指きりしたら、ほんとに、モエがだまってるって思ったのかなあ……〉

だって、モエはまだ三つなのだ。重要《じゅうよう》な秘密《ひみつ》を守るには小さすぎる。ママがキツネだということでさえ、注意していないとしゃべってしまいそうになるぐらいだ。そんなちっちゃいモエに秘密《ひみつ》を守らせるなんて、むりだって思わなかったんだろうか？

テーブルの上にすでにのっかってごはんをまつ、鬼丸《おにまる》おじいちゃんとホギおばさんのカエルをながめながら、ユイはまた、モエに呪《のろ》いをかけた犯人《はんにん》にはらがたってきた。

ママはその日、まえの夜の反省《はんせい》から、カエルと家族の食事の時間をずらすことにしていた。まず、鬼丸《おにまる》おじいちゃんとホギおばさんに、先にごはんを食べてもらうことにしたのだ。

カエルの食事が終わると、おじいちゃんたちをたらい池にもどし、あらためて、ユイたちはテーブルをかこんだ。パパは、今夜は帰りがおそい、ということだった。

ユイとタクミとモエとママが食卓《しょくたく》につき、「いただきます」をいったとたん、二人目のお客が、リビングの入り口にすがたをあらわした。

「あ！　スーちゃんだ！」

マスクをはずしていたモエが、はっきりした声でさけんだ。

「ねえ、父さんとホギおばさん、見なかった?」

きょうのスーちゃんは、ロングヘアのわかいむすめに化《ば》けていた。ぴっちりしたスキニージーンズに、ラメ入りのセーターというでたちだ。お化粧《けしょう》までバッチリきめている。

スーちゃんもやっぱり、鬼丸《おにまる》おじいちゃんとホギおばさんの行方《ゆくえ》をもとめて、ユイたちの家へやってきたようだ。

「まず、こんばんは、でしょ?」

ママは、おぎょうぎの悪い妹にそういったが、スーちゃんは、そんなことばなど、まるっきり気にしていなかった。

ユイは、バルコニーに面した掃《は》きだしまどのまえの、二つのたらいのほうを見たくなるじぶんを、ひっしにおさえていた。

〈だめ、あっちを見ない……。あっちを見ない……〉

「へえ、今夜はギョウザとチャーハンかあ。一つ、いただき!」

スーちゃんはテーブルに近づくなり、ひょいと手をのばして、大皿にもられたカリカリ、アツアツの焼《や》きギョウザを一つつまみあげ、パクリと口にほうりこんだ。

「スエ!」

妹の名前をよんで、カッカとおこっている姉を見ても、スーちゃんはかたをすくめただけで、けろりとしている。そして反対に、おこっている姉にむかって非難《ひなん》めいた質問《しつもん》を投げかけた。

「おねえちゃんさあ、どうして、念《ねん》を飛《と》ばしてもぜんぜんこたえてくれなかったのよ。母さんもおこってたわよ。鬼丸《おにまる》父さんとホギおばさんが、そっちにいってないかって、あたしも母さんも、何回も念《ねん》を飛《と》ばしてたのに……」

〝念《ねん》〟というのは、キツネ一族どうしがつかうテレパシーのようなものだ。行方不明《ゆくえふめい》のおじいちゃんとホギおばさんのことを問いあわせるために、スーちゃんやおばあちゃんは、ママに念《ねん》を飛《と》ばしてきていたらしい。でも、おじいちゃんたちにかたく口どめされているママは、返事をかえすことができなかったのだろう。

ママはいかりをひっこめ、時間かせぎのためにギョウザを一個《こ》、取り皿につまみとった。

「ちょっとバタバタしてて……」

ママは、いいづらそうにことばをおしだした。

「あれこれ考えごとをしてたから、気がちってたのね。うまく、あなたたちの念《ねん》をキャッチできてなかったみたい……」

しかしそのとき、ママの苦しいいいわけをさえぎって、スーちゃんがさけんだ。

「ちょっと！　なによ、あれ！」

スーちゃんの目は、テーブルのむこうにすいよせられ、まんまるに見ひらかれていた。

「あれ、なに？　たらいの中に、カエルがいるじゃない！」

ユイはがまんできなくなって、目のはしでそうっとようすをうかがった。

鬼丸《おにまる》おじいちゃんとホギおばさんは、それぞれのたらいの中で、せいいっぱいカエルのふりをしていた。

ホギおばさんは、ぬれタオルの下から顔をつきだし、のどのあたりをビクビクうごかしている。鬼丸《おにまる》おじいちゃんのほうは、水の中で四つんばいになって、まるで石のように微《び》動《どう》だにしなかった。

「どうして、カエルがいるの？　しかも、こんなにでかいのが二ひきも！　これ、食べるつもり？」

「まさか！」

ユイがおもわずいいかえし、タクミがスーちゃんの疑問《ぎもん》にこたえた。

「ペットだよ」

「ペットぉ？　ガマガエルが、ペット？」

スーちゃんは目をむいて、カエルとタクミを見くらべている。タクミは説明《せつめい》をつづけた。

「うん。だって、うちのマンションて、犬とか猫《ねこ》とか飼《か》えないから、カエル飼《か》うことにしたんだ。右側《みぎがわ》がおねえちゃんので、左がぼくの。スーちゃんも、だっこさせたげよっか？」

タクミがそういって、いすから立ちあがろうとすると、スーちゃんはブルブルブルと首を横にふり、ろうかのほうにあとずさった。

「いいえ、けっこう。ガマガエルなんて、だっこする気ないから。あんたたち、変《か》わってるわね。食べるっていうんならわかるけど、ガマガエルをペットにするなんて、ものずきもいいとこよ。あたしは、えんりょしとくわ。バイバイ、またね」

そういうなり、スーちゃんのすがたはパッと消えて、見えなくなった。

ユイはこんども、風の耳でしっかり、スーちゃんがいなくなったことをたしかめてから、大きく、大きく、いきをはきだした。

「あー、びっくりした！　あー、びっくりした！」

「どうやら、わしらの正体に気づかなかったようじゃな」

たらいの中で鬼丸《おにまる》おじいちゃんが、にやりとわらいながらつぶやいた。

ママがしんこくな顔で口をひらく。

「でも、バレちゃうのは時間の問題よ。夜叉丸《やしゃまる》にいさんやスエが、わざわざこっちの世界まで父さんたちをさがしにきたっていうことは、母さんがかなり心配してるってことでしょ？」

ユイたちはもちろん、さっきあらわれた夜叉丸《やしゃまる》おじさんのこともママに報告《ほうこく》していた。

ママは、たらいの中のおじいちゃんとホギおばさんにむかって、熱心《ねっしん》に語りかける。

「ねえ、いいかげん、山にしらせましょうよ。いつまでも母さんにだまって、父さんたちをかくまってるわけにもいかないし……」

「そんなことしたら、あたしはすぐ、この家から出ていくからね！」

ホギおばさんが、ぬれタオルの下から、キンキンひびく声でまくしたてた。

「たとえ、ひからびようとも、ここを出て、どっかに身をかくすよ！　山のれんちゅうに、こんなすがたになってるのをしられるぐらいなら、どっかでひからびて死んじまったほうがましだからね！」

「そのとおりじゃ！」

鬼丸《おにまる》おじいちゃんまでが、ホギおばさんに同調するのを見て、ママもユイもタクミも、ためいきをつくしかなかった。

食卓《しょくたく》でユイは、きょう、図書館で読んだ冊子《さっし》のことを話した。似《に》ているけどちがっている、竜神池《りゅうじんいけ》のむかし話のことも――。

「そのお話だとね、悪者は大蛇《だいじゃ》なの。カエルはね、村の人たちに大蛇《だいじゃ》の弱点を教えてくれたんだよ」

「大蛇《だいじゃ》の弱点て？」

タクミが、すかさず質問《しつもん》する。

「針《はり》」

ユイは、大皿のギョウザにはしをのばしながらこたえた。

「大蛇《だいじゃ》はね、鉄砲《てっぽう》よりも鎌《かま》よりも、針《はり》がこわいらしいよ。それで、村の人が針《はり》を集めて池に投げこんで、大蛇《だいじゃ》を退治《たいじ》したんだって」

「なんで、針《はり》なんかこわいの？」

タクミが首をかしげると、たらい池の中から、鬼丸《おにまる》おじいちゃんガエルがこたえる。

「ヘビは、金気《かなけ》のものがにがてというのは、むかしからよくしられたことじゃよ。細くて、とんがって、金気《かなけ》のものでつくられた針《はり》が、ヘビは大のにがてなんじゃ」

「ふうん」とうなずくタクミから、ユイはママのほうに視線《しせん》をうつした。

「ねえ、ママはどうだった？　玉泉寺《ぎょくせんじ》、いってみたんだよね？」

「ちょっとだけね。幼稚園《ようちえん》の保護者会《ほごしゃかい》が長びいて、けっきょく時間がなくなっちゃったのよ。でも帰り道、お寺にいって、いちおうリーフレットはもらってきたわ。蛙供養《かえるくよう》のことも書いてあったけど、ネットで見た情報《じょうほう》とあんまり変《か》わらなかったわね」

そういってから、思い出したようにママはつけたした。

「そうそう。園長先生、こんど、おうちを建《た》てかえられるんですって。もうずいぶん古くなったから建《た》てかえて、そのついでに、お庭の一部を幼稚園《ようちえん》のための駐車場《ちゅうしゃじょう》にするんだって、おっしゃってたわよ。きょうの保護者会《ほごしゃかい》は、その工事の説明会《せつめいかい》だったの。来月からしばらく工事車両が出入りするから、登園、降園《こうえん》のときは注意してくださいって……」

そこでことばをきって、しばし考えこんでから、またママは口をひらいた。

「もしかして、それが、なにか関係《かんけい》あるのかしら……、こんどの呪《のろ》いの一件《いっけん》と……」

「え？」

ユイは、タクミと顔を見あわせてしまった。

「どういうこと？　なんで、園長先生んちの建《た》てかえが、呪《のろ》いと関係《かんけい》あるなんて思うの？」

「なんとなくよ」
ママは、はっきりとしたことをいおうとしなかった。
かわりに、たらい池の中で、ホギおばさんがしゃべりだした。
「ふしぎなことがおきるには、それなりの理由があるものだっていったろ？　理由っての
はね、原因《げんいん》、てことだけじゃないよ。きっかけも、理由のうちだからね。なにかきっかけ
がなければ、ものごとはうごきださない。そういうものなんだよ」
となりのたらいで、鬼丸《おにまる》おじいちゃんも、あくびをかみころしながら口をひらく。
「もしかすると、庭にあるという小さな池も、工事でうめられるんじゃないのかな？　古
い木をきったり、古い家をこわしたり……。長くそこにあったものに変化《へんか》がおきると、そ
れがなにかをひきおこすことがあるんじゃよ」
「なにかを、ひきおこす？」
ユイは口の中でかみしめるように、おじいちゃんのことばをくりかえしてみた。
こうして、あわただしい一日は終わろうとしていた。夕ごはんがすみ、みんながおふろ
にはいり終え、パパが帰ってくると、ユイとタクミは「おやすみ」のあいさつをして、二
段《だん》ベッドにもぐりこんだ。あしたは土曜日で、幼稚園《ようちえん》も学校もお休みだ。だから二人は、

ベッドにはいって電気を消してからも、カエルの口の呪《のろ》いについて、あれこれおしゃべりをかわして、いつもよりちょっぴり夜ふかしをした。

しかしそのうち、しゃべっていてもあくびばかり出るようになり、とうとう、まぶたをあけておくことができなくなってしまった。いつのまにか、家の中はしずまりかえっている。ママとパパも、もうねてしまったようだ。

ユイもしらぬまに、ここちよいねむりの中にひきこまれていた。

ふと、なにかが、ユイの意識《いしき》をよびさました。どこかで、ドアのしまる音がした気がする。ふとんにくるまったまま、目をあけて、ユイはようすをうかがった。

あたりは、とってもしずかだ。

〈夢《ゆめ》かな……〉

そう思って、もう一度ねむりにつこうとしたが、なぜか目がさえて、夢《ゆめ》の中へはひきかえせそうになかった。

ベッドの上におきあがりながら、ユイは、さっき聞こえた音のことを、くっきりと思い出した。

バタン――と、とびらがとじる音だった。あんな重たい音をたててしまるドアは、ユイの家には一か所しかない。

〈玄関《げんかん》のドア……〉

そう思ったら、きゅうに気になって、たしかめずにはいられなくなった。

〈鍵《かぎ》、かかってたはずだよね……。じゃ、だれかが玄関《げんかん》から外に出たのかな？　……こんな夜中に？　やっぱ、夢《ゆめ》だったのかも〉

そう思いながらユイは、そうっとふとんをぬけだし、二段《だん》ベッドのはしごに足をかけた。

「おねえちゃん？」

思いがけず、ベッドの下の段《だん》からタクミの声がした。てっきりねむっていると思っていたのに、どうやらタクミも目をさましたらしい。

「どうしたの？」とたずねる弟に、はしごをおりたユイは、ひそひそ声で問いかける。

「なんかさ、ドアの音、聞こえなかった？　バタンて、ドアがしまる音――」

タクミも、もそもそおきだしてきた。

「ドアって、どこのドア？」

「たぶん、玄関《げんかん》」と、ユイはこたえた。

「え？　どろぼう？　でも、鍵《かぎ》かかってるはずだよね」

暗がりの中で、タクミはぎょっとした顔になった。

「だれかが、出てったとか……」

ユイはそういって、タクミと顔を見あわせた。

秋の夜がふけ、部屋の中の空気はひやりとつめたい。時刻《じこく》は、もうじき午前二時だ。

「いってみよ」

タクミがささやいた。勉強づくえのいすにかけてあったフリースの上着をひっかけ、タクミが子ども部屋のドアをあける。ユイも、じぶんのフリースをはおって、弟のあとにつづいた。

玄関《げんかん》は、しんとしていた。でも、とじたドアを見た瞬間《しゅんかん》、ユイとタクミはそろって、はっといきをのんだ。

チェーンがはずれている。ドアノブの下のロックもかかっていない。

やっぱり、だれかがドアをあけ、家から外へ出ていったようだ。

でも、だれが？　こんな真夜中に、なぜ？

考えながらユイは、風の耳をすました。たったいまここから出ていった、だれかのにおいをさぐろうと、冷《ひ》えた玄関《げんかん》の空気をむねにすいこむ。

「……モエ？」

そうユイがつぶやいたとき、タクミが、玄関《げんかん》にぬいであったスニーカーをつっかけ、ドアをそっと外におしあけた。

「……あ……。だれか、エレベーターのほうにまがった」

ユイは、タクミがくつをはいた玄関《げんかん》の四角いスペースに、モエのくつがないことに気づいた。むねがドキッとする。

「モエのくつがない……。モエが出てったみたい……。においものこってる……」

ユイは早口にささやいて、じぶんもスニーカーに足をつっこむと、タクミをおしのけるようにして、玄関《げんかん》から外へ出た。

「じゃ、いまの、モエかな？　エレベーターのほうに歩いてったよ」

タクミもマンションのろうかに出てくる。

「モエ！」とよびかけようとして、ユイは出かかった声をのみこんだ。ろうかにならんだドアの中では、それぞれの家の人たちが、もうぐっすりねしずまっている時間だ。大きな声を出すわけにはいかない。

「いこ」

弟に短く声をかけ、ユイはエレベーターホールのほうへ歩きだした。できるだけ足音をたてないように、小走りにろうかをいそいでゆく。

とちゅうで一度だけ、心の中にためらいがうかんだ。

〈パパとママにしらせてからのほうが、よかったかな？〉

でも、すぐに追っかけなければ、モエをつかまえられないかもしれない。エレベーターにむかうろうかにも、はっきりとモエのにおいがのこっていた。たったいま、モエはここを通っていったのだ。

〈でも……なぜ？〉

早くつかまえて、どうしたのか聞かなければと、気もちがあせる。

ユイとタクミが、ろうかの角をまがってホールに足をふみいれたちょうどそのとき、二人の目のまえで、エレベーターのドアがしまるのが見えた。

「モエ！」

こんどこそユイは、声に出して妹の名前をよんだ。

ドアの上の各階《かくかい》を表示《ひょうじ》するボタンの点滅《てんめつ》が、五階から下にさがっていく。

「おねえちゃん！　階段《かいだん》でおりよう！」

タクミが、ホールのすみっこにある階段《かいだん》への入り口に飛《と》びついてさけんだ。

ユイがその入り口のドアを通りぬけるより早く、タクミはもう階段《かいだん》をかけおりはじめていた。ユイもひっしに、あとを追っかける。

五階から四階、四階から三階、三階から二階へ――。

〈いったい、なにやってんだろ？　なんで、こんな真夜中に、一人で家から出てったりするのよ！　なに考えてんだろ、モエのやつ！〉

いきをきらして階段《かいだん》をかけおりながら、ユイは心の中でさけびつづけていた。

ユイよりひと足早く一階にたどりついたタクミが、ホールへつづくドアをあけて飛《と》びだしていくのが見える。ユイもすぐにそのあとを追って、出入り口のドアから外に飛《と》びだした。

目のまえにエレベーターがとまっていた。ドアはひらいている。でも、エレベーターボックスの中は、からだった。

ひと足おそかった……。

からっぽのエレベーターの中には、はっきりとモエのにおいがのこっている。そしてそのにおいは、ユイの立つエントランスホールをぬけて、マンションの外にむかっているのがわかった。

「あっち!」

ユイは、かたでいきをしているタクミに声をかけ、エントランスのドアにかけよった。

重いガラス戸をおしあけて外に出ると、さえわたった青い光があたりをつつんでいた。

満月《まんげつ》が、南の空高くのぼっているのだ。

マンションの建物《たてもの》をかこむ植えこみのむこうの道を、バス道路のほうにむかって歩いていく人影《ひとかげ》が小さく見えた。

「……やっぱり、モエだ……」

見おぼえのあるピンク色のパジャマに、お気に入りの赤いカーディガンをはおっている。

「どこいく気だろ?」

おかしい。まるで走っているようなスピードで、モエは遠ざかっていく。走っているようには見えないのに。

「追いかけなきゃ……」

ユイはそういいながら、ちらりとマンションをふりかえった。

もう、パパやママにしらせるために家にもどっているひまはない。いそがなければ、モエを見うしなってしまう。

水の底《そこ》のような光につつまれた、ぼんやり青い夜の中に、ユイとタクミはかけだしていった。

8 結界《けっかい》の池

モエは、しずまる町の中をどんどん歩いていく。ユイとタクミは、早く妹をつかまえようと、何度かダッシュしてみるのだが、ふしぎなことに、モエとの距離《きょり》は少しもちぢまらなかった。

「なに？　あいつ……。どうして、あんなに速いんだ？」

タクミがあきれたようにつぶやく。

「おかしいよね。走ってるわけじゃないのに……。歩いてるくせに追いつけないなんて」

なにか、おかしなことがおこっているのだと、ユイは思った。とても、おかしなことが……。

そもそも、モエがだれにもいわずに、だまって夜中に家をぬけだすなんて、おかしすぎる。いったい、なにをしにいく気なんだろう？　まさか夢遊病《むゆうびょう》だろうか？　でも、町の中をいくモエの歩みには、まよいがなく、まっすぐ目的地《もくてきち》にむかっているように見えた。じぶんの行く先がどこなのか、わかっているみたいなのだ。

しかし、しばらくモエのあとについて歩いていくうちに、ユイとタクミにも、どうやらその目的地《もくてきち》がわかってきた。

「もしかしたら……、幼稚園《ようちえん》にいく気なんじゃない？」

ユイがささやくと、タクミもうなずいた。

「きっとそうだよ。これ、登園のときに歩く道だもん」

もう、あと二つ、まがり角をまがれば、幼稚園《ようちえん》の門に面した通りに出る。

「なんで、こんな真夜中に幼稚園《ようちえん》にいくの？」

ユイはむねの中の不安《ふあん》をはきだすように、疑問《ぎもん》を口にした。

「まるで、だれかによばれてるみたいだね」

タクミがそういったので、ユイは、もっと不安《ふあん》になった。

「やめてよ、へんなこというの……」

「だって……」

タクミは、まじめくさった顔でことばをつづける。

「モエがかってに家をぬけだして、夜中に幼稚園《ようちえん》まで歩いてくなんて、ぜったいふつうじゃないよ。だれかが、幼稚園《ようちえん》にこいっていったのか、それとも、だれかにあやつられてるんだと思うな」

ねしずまる家々のまえを通りすぎ、モエが一つめの角をまがるのが見えた。タクミが走りだしたので、ユイもあとにつづいた。

ドキ、ドキ、ドキ、と、むねが早鐘《はやがね》を打ちはじめる。

——まるで、だれかによばれてるみたい……。

——まるで、だれかによばれてるみたい……。

タクミが口にした不吉《ふきつ》なことばが、こだまのようにユイの頭の中をまわる。

〈だれがよんでるの？　もしかして、あの子？〉

モエにカエルの口の呪《のろ》いをかけた、あの子。モエと指きりをかわした、あの男の子が、真夜中の幼稚園《ようちえん》にモエをよびよせようとしているのだろうか？

角をまがった先に、もう、モエのすがたはなかった。タクミはそのまま、幼稚園《ようちえん》の門にむかう最後《さいご》の角に走りこんでいった。ユイが、そのすぐあとを追う。

道ぞいにならぶ街灯《がいとう》が、暗い通りにぽつん、ぽつんと、まるい光の輪《わ》をおとしている。

「あそこだ！」

タクミが、ひそめた声をあげて前方を指さした。目じるしのしだれ桜《ざくら》は闇《やみ》にしずんで見えなかったが、三つ先の街灯《がいとう》の光の中に、モエのすがたがあった。やっぱり、そうだ！

幼稚園《ようちえん》の門をはいっていく。

「いこ」

ユイがそう声をかけるより早く、タクミは走りだしていた。ユイとタクミは、しずまる通りをフルスピードで、幼稚園《ようちえん》まで走っていった。

たどりついてみると、鉄格子《てつごうし》の両びらきの門は、だれかをむかえいれるように、わずかにひらいていた。秋の夜風に、葉っぱをおとした桜《さくら》の枝《えだ》が、カーテンみたいにゆれている。

「門の鍵《かぎ》、かかってなかったんだ……」

ユイは意外な気もちになりながら、門のすきまから暗い園庭をのぞきこんだ。

「モエ、どこだろ？」

タクミはあたりに目をくばりながら、さっさと門をはいっていく。

夜中の幼稚園《ようちえん》に、ことわりもなくしのびこむのには抵抗《ていこう》があったが、ユイもけっきょく、門のすきまをすりぬけて中にはいった。

「モエー！」

小さく、妹の名前をよんでみる。暗い幼稚園《ようちえん》の庭はしんとして、返事はなかった。

でも、においはたしかにのこっている。これは、モエのにおいだ。

「あっちにいったみたい……」

ユイは風の耳をすましながら、園庭のおくを見た。そっちは、広い砂場《すなば》と、小さなログハウスのある一隅《いちぐう》だ。砂場《すなば》のおくには、アジサイのしげみ。モエが、そのしげみのかげのかきねの下から園長先生の家にはいりこんだ、といっていたことを思い出す。

「園長先生んちに、はいりこもうとしてんのかなあ？」

タクミも、おなじことを思い出したらしい。

ユイとタクミは園庭を横ぎり、まっすぐ砂場《すなば》のおくまで歩いていった。

「モエー！」

もう一度、アジサイのしげみのおくに声をかけてみる。

「モエ、どこ？」

タクミもそう問いかけながら、アジサイのしげみをかきわけた。

ユイも、そのうしろからのぞきこむ。

夜空からさしこむ青白い月の光が、カイヅカイブキのかきねと、そのかきねの根もとのネットをてらしだしていた。

「穴《あな》、あいてないね」

タクミが、はられたネットに目をくばり、確認《かくにん》するように口に出していった。

ママとホギおばさんのいうとおりだった。かきねの下のネットには、穴《あな》もほころびも見あたらない。でも——。

「でも、モエのにおい、ここで消えてる……。このネットのところで」

「え？　消えてるって？」

ユイのことばにおどろいたタクミが、かきねの根もとをたしかめるようにかがみこんだ、そのとき——。

「結界《けっかい》がはられてるからだよ」

ユイのすぐうしろで、聞きおぼえのある声がそういった。

「ひゃっ！」

ユイは、へんてこな声をもらして、はじかれたようにうしろをふりかえった。

「わ！　わ！　わ！　あ、いてっ！」

あわてふためいて立ちあがろうとしたタクミは、つんのめってかきねにつっこみ、ぶつけた頭をさすりながら、声のしたほうに目をむけた。

そして、ユイとタクミは同時に、おなじ人の名前をさけんでいた。

「イツキおばあちゃん!!」

幼稚園《ようちえん》の園庭の暗い砂場《すなば》のはしに、イツキおばあちゃんが立っていた。おばあちゃんは、ユイたちがまえに一度、キツネたちの世界であったときとおなじすがたをしていた。黒いドレスをまとった棒《ぼう》のように細い体。ぴんとのばした背《せ》すじ、銀色のかみ。

それはたしかにイツキおばあちゃんだったが、並木幼稚園《なみきようちえん》の砂場《すなば》にキツネ一族のおばあちゃんがあらわれるなんて、まるで夢《ゆめ》のようで、ちっとも現実味《げんじつみ》がなかった。

「な、なんで、ここにいるの？」

タクミが、かすれたような声で聞いた。

「あんたたちとおんなじさ。モエのあとを追っかけてきたんだよ」

おばあちゃんの答えは、ユイをますます混乱《こんらん》させた。

「え？　追っかけてきたって、どこから？」

おばあちゃんは、しかし、ユイのその質問《しつもん》にはこたえず、暗闇《くらやみ》のおくを見つめながらいった。

「説明《せつめい》はあと。とにかく、モエをつれもどさないとね。ついておいで」

「……どこに？」

とまどいながら、もう一度、ユイは問いかけた。

「モエがつれていかれた場所だよ。はりめぐらされた結界《けっかい》の中さ」

そういうと、おばあちゃんは、いけがきにそって歩きだした。

ユイとタクミも目を見かわすと、すぐにアジサイのかげから歩みでて、おばあちゃんのあとについていった。

おばあちゃんがむかった先は、かきねのとちゅうの小さな門だった。園庭と園長先生の家のあいだの出入り口の門だ。いつも鍵《かぎ》のかかっている、タクミがのりこえたという、ユイのむねの高さほどの片《かた》びらきの門だった。

立ちどまったおばあちゃんが、とじられた門にそっと手をかけたので、ユイはまた質問《しつもん》した。

「ここから、園長先生の家にはいるの?」

イツキおばあちゃんが、ちらりとユイを見る。

「いいや、園長先生の家にいくわけじゃないよ。結界《けっかい》の中の世界に、ここからはいるんだ。ここから先は、こっち側《がわ》とはべつの世界なんだよ。だから、モエのにおいもネットのところで消えてしまっていただろう?」

タクミが、口早におばあちゃんに説明《せつめい》する。

「モエ、なぞの男の子につれられて、何回か、かきねの下のネットのぬけ穴《あな》から、園長先生んちの庭にいってたみたいなんだ。でも、ネットにはね、ぬけ穴《あな》なんてなかったんだよ」

おばあちゃんは、タクミのことばにうなずく。

「その子はどうやら、ただ者じゃないようだね。じぶんとモエだけのために、となりの庭にはいりこむ通路を用意したんだろう。ほかの者には見えない特別《とくべつ》な通路をね。そういう力をもった子どもなんだよ。その証拠《しょうこ》に、今夜ここには、あっち側《がわ》の世界とこっち側《がわ》の世界をへだてる結界《けっかい》がはられている。この結界《けっかい》をはったのも、その子だと思うよ」

「あっち側《がわ》の世界って？」とたずねるユイに、おばあちゃんは、かたをすくめてみせた。

「結界《けっかい》をやぶれるの？」と、タクミが聞いた。

イツキおばあちゃんは、門に手をかけたまま、にこりとわらった。

ユイたちのおばあちゃんは、キツネ一族の中の有力者なのだ。おばあちゃんの笑顔《えがお》は、まかせておけという意味なのだろうとユイは思った。

「おいで」

イツキおばあちゃんが、ユイとタクミにいった。

「あんたたちもいっしょにいきたいなら、あたしにくっついてなきゃだめだよ」

タクミがすばやく、イツキおばあちゃんの左手をにぎった。ユイは、門にかかったおばあちゃんの右手のひじのあたりにうでをまわした。

パパのいなかのおばあちゃんとは、何度も手をつないだことがあるけれど、イツキおばあちゃんとは、手をつなぐのも、うでを組むのもはじめてだということに、ユイは気づいた。

すぐ近くにあるおばあちゃんの横顔に、ちょっぴりどぎまぎしながらユイは視線《しせん》をそそいでいたが、おばあちゃんの目は、まっすぐに門のむこうを見つめたまま、うごかなかった。そして、口の中で小さく呪文《じゅもん》のようなことばをとなえているのが聞こえた。

「オン・ダキニ・シリエイ・ソワカ

オン・アロキャ・ダキニ・ソワカ

オン・ダキニ・ハンドメイ・ウン・ハッタ……」

おばあちゃんの目が闇《やみ》の中で青く光ったとき、大きな風がふきおこった。風の中、おばあちゃんの手がしずかに門のとびらをおす。すると、かきねのあいだの小さな門のとびらはあっさりとあいて、三人をおくへとまねきいれた。

風はいきおいをまし、ユイとタクミとおばあちゃんは、その風に背中《せなか》をおされるようにして、ひらいた門を通りぬけた。

三人が通りぬけるとすぐ、音もなくとびらがしまる。ふきあれていた風が、ぴたりとやんだ。

そこにも、青白い月の光があふれていた。

「あ……」と、ユイはいきをのんだ。

月の光は変《か》わらなかったが、その光にてらされてユイたちの目のまえにひろがっているのは、園長先生の庭の風景《ふうけい》ではなかった。

園長先生の家はどこにもない。庭木も、庭をかこむブロックべいも消えてしまっている。そのかわり、そこには、ぼうぼうとしげる草にふちどられた大きな池があった。ホギおばさんがいっていたような、コンクリートでかためられた小さな人工池ではない。学校のプールの倍ほどもある大きな池が、月の光をうけて、銀色の鏡《かがみ》のようにかがやいていた。

池のふちには、サザンカの木がはえている。

「ここ、どこだ?」

タクミがぼんやりとつぶやいたとき、サザンカの木のむこうで、なにかがうごいた。

「あ……。モエ!」

タクミが、つないでいたイツキおばあちゃんの手をふりほどいて、かけだした。

木のかげでうごいたのは、二つの人影《ひとかげ》だった。

モエと、見しらぬ男の子——。

「モエ！」

ユイもあわててタクミのあとを追い、妹のほうに走りよった。

「ユイねえちゃん！　タクミにいちゃあん！」

モエは、ユイたちの心配をよそに、はしゃいだようすで飛《と》びはねながらかけよってくる。

男の子は、じっとこっちを見たまま、うごこうとしなかった。

サザンカの木のまえにかけよったタクミは、ぐいとモエの手をひっぱりながら、目のまえにつっ立っている男の子をにらみつけた。

「おい、おまえだな？　モエにカエルの口の呪《のろ》い、かけたの」

ユイも一歩おくれでたどりつき、モエのもうかたいっぽうの手をとって、妹の体をじぶんのほうへひっぱりよせた。

「こんな夜中に、モエのことをさそいだしたのもあなたね？　いったい、なにしてるの？　なにするつもりなのよ？」

タクミとユイのきついことばに動じるようすもなく、男の子は口をとざしたまま、二人のことをじっと見あげている。

モエより少し背《せ》は高いが、タクミよりはずっと小さい。やはり年中さんか、年長さんぐらいの年まわりに見える。ユイは、その子が並木幼稚園《なみきようちえん》の青いスモックを着ていることに気づいた。スモックの首もとにはブラウスの白いまるえりがのぞき、下には紺色《こんいろ》の半ズボン――。つまりこの子は、こんな真夜中に、幼稚園《ようちえん》の制服《せいふく》すがたで、ここに立っているのだ。

タクミがもう一度、男の子に質問《しつもん》をぶつけた。

「ここ、どこだよ？　おまえ、だれだ？」

男の子はあいかわらず、なにもしゃべらない。まるで、ことばをわすれてしまったみたいだ。

ユイは、大きく一ついきをすうと、モエの体をじぶんのうしろにおしやって、一歩まえに足をふみだした。

「ねえ、聞いてるの？　どうしてモエに、カエルの口の呪《のろ》いなんてかけたの？　あなた、何者なの？　おねがいだから、モエにかけた呪《のろ》いをといてよ」

男の子は、じっとユイを見つめたが、やはり口をひらこうとはしなかった。

「ねえ、ちょっと……」

ユイは、そういって男の子のほうにのばしかけた手を、はっとしてひっこめた。

風の耳が、ユイにつげていた。

気配がしない――。

目のまえにいる男の子には、まったく気配がなかった。においもない、体温もない。呼《こ》吸《きゅう》も、血が血管《けっかん》の中をめぐる脈動《みゃくどう》も、心臓《しんぞう》の音も、なにもつたわってこない。たしかに目のまえにいるのに、気配はない。目に見えるのに、そこにいない――。

「ゆ、幽霊《ゆうれい》?」

ユイが小さくささやいたことばを聞いて、タクミが、さっとユイのうしろに飛《と》びすさってかくれた。

男の子が、にこりとわらった。はじめて、その口からことばが発せられた。

「幽霊《ゆうれい》じゃないよ」

「じゃあ、何者だい?」

そうたずねたのは、イツキおばあちゃんだった。おばあちゃんはいつのまにか、ユイとタクミとモエのすぐうしろにやってきて、じっと男の子のことを見つめていた。

その声を聞いて、ぱっとふりかえったモエが、目をまんまるくして、おばあちゃんを見あげる。

「おばあちゃん？　イツキ、おばあちゃん？」

モエは、いままでにたった一回、キツネたちの宮《みや》であったきりのおばあちゃんの顔を、ちゃんとおぼえていたようだった。

イツキおばあちゃんが、おどろいているモエを安心させるように、うなずいてみせる。

「そうだよ。おばあちゃんだよ、モエ。おまえ、カエルの口の呪《のろ》いをかけられたんだって？」

やさしくモエを見つめた目を、おばあちゃんはもう一度ゆっくり、男の子にむけた。

「さて、さて、うちの孫《まご》に、そんな呪《のろ》いをかけたのは、どこのどいつだろうねえ？　なんでそんなことをしたのか、ちゃんと説明《せつめい》してもらわないとね。こととしだいによっちゃ、このあたしがだまっちゃいないよ」

月の光の満《み》ちる青白い闇《やみ》の中で、おばあちゃんの目がきらりと光るのが見えた。

池のまわりのしげみを、かすかな風がゆらしてふきすぎていった。

9 護《ご》法《ほう》童《どう》子《じ》

男の子とユイたちは、池のまえで、しばらくだまってにらみあっていた。こうやって、面とむかいあっていても、やはり、気配一つ感じられないのがぶきみだった。

この子は、いったい、だれなんだろう？　青白い月の光の中で見るその子は、いよいよ幽霊《ゆうれい》じみて、いまにも闇《やみ》にとけて消えてしまいそうな気さえする。

「ユイねえちゃん……」

モエがうしろで、ユイのフリースをひっぱる。

「ユイねえちゃん、あのね……」

「しいっ！」

緊迫《きんぱく》した空気の中で、ユイはモエをしずかにさせようと、合図を送った。

でも、モエはだまらない。

「あのね、この子はね、ゴボウさんなの。モエにね、おねがいがあるんだって」

「え？　ゴボウって、キンピラにするやつ？」

タクミが、こそこそと口をはさむ。

「しいっ！」

ユイは、こんどはタクミをだまらせようと、くちびるに指をあてた。

「おまえは、だれだい？」

イツキおばあちゃんがおだやかなちょうしで、また男の子に問いかけた。

「人でもない、キツネでもない、幽霊《ゆうれい》でもないとなれば、もののけかい？　ゴボウさんなんていうもののけ、聞いたことがないけどねえ」

男の子は、きっぱりと首を横にふった。そして、ちょっとおこったような目でユイたちをぐるりと見まわし、口をひらいた。

「もののけじゃないぞ。ゴボウさんじゃないぞ。おいら、護法童子《ごほうどうじ》であらせられるぞ」

「おいら？　あらせられる？」

タクミが、その子のおかしなことばづかいをくりかえす。

「護法童子《ごほうどうじ》？」

ユイは、聞きなれない名前をたずねかえした。

青いスモックを着たちびすけは、いばったようにむねをはった。

「そうじゃ。おいらは、玉泉寺《ぎょくせんじ》の竜神《りゅうじん》につかえる護法童子《ごほうどうじ》であらせられる」

「なるほど、鬼神《きじん》だったのかい」

イツキおばあちゃんがうなずいたが、ユイとタクミには、よく意味がわからなかった。

「キジンて、つまり、奇人変人《きじんへんじん》の奇人《きじん》？」

タクミがまたこそこそ質問《しつもん》すると、護法童子《ごほうどうじ》は、いよいよはらだたしげに頭を何度も横にふった。

「ちがうぞ！　ちがうぞ！　ちがうぞ！」

イツキおばあちゃんが、ことばをはさむ。

「鬼神《きじん》とは、鬼神《おにがみ》のことだよ。護法童子《ごほうどうじ》はね、仏法《ぶっぽう》を守る神々につかえるけらいなんだよ。これで、やっとわかったよ。竜神《りゅうじん》のけらいなら、水の仲間《なかま》の呪《のろ》いをあやつれるのも当然《とうぜん》さ。カエルの口の呪《のろ》いっていうのは、古くから水の仲間《なかま》たちがあやつるわざだからね」

ユイがその横から、童子《どうじ》に問いかけた。

「でも、竜神《りゅうじん》さまのつかいが、どうしてモエに呪《のろ》いをかけたりしたの？」

「そうだよ」

タクミも、ユイのうしろから顔だけつきだして、護法童子《ごほうどうじ》に非難《ひなん》のことばを投げつけた。

「呪《のろ》いまでかけて口どめするんなら、モエを秘密《ひみつ》の場所になんかつれてかなきゃよかったんだよ。つれてっといて、ないしょにしろなんて、むりにきまってるじゃん」

ぽんぽんといせいよくいったくせに、タクミは、護法童子《ごほうどうじ》の目にじろりとにらまれると、たちまちユイのうしろにひっこんだ。

かわって、イツキおばあちゃんが口をひらく。

「結界《けっかい》をはって、いったいなにを守っているのかね？　この池には、どんな秘密《ひみつ》がかくされているんだい?」

ユイも、ずっと気にかかっていたことを思い出して、童子《どうじ》に問いかけた。

「だれを……、それとも、なにをよんでたの? あなた、池にむかってよびかけてたんでしょ?『おおい。出てこぉい。のぼっておいでえ』って……。なにかを、よんでたんだよね? 池の底《そこ》よりもっと深いところでねむってる、なにかを……」

いま、ユイたちとむきあう護法童子《ごほうどうじ》のうしろには、大きな池が月の光をうつして、さえざえとかがやいていた。

童子《どうじ》が、しずかにこたえた。

「池をよんでいたのじゃ。地面の底《そこ》にうもれた池を」

「池を?」

ユイはくりかえし、すぐうしろにひっついているタクミと顔を見あわせた。

「……池って、この池?」

ユイが、かがやく池を見やってたずねると、童子《どうじ》はうなずいた。

「そうじゃ。この池は、むかし、ここにあった池。いまはもうなくなった池じゃ。おいらがよんだから、この結界《けっかい》の内にあらわれたんじゃ」

ユイのうしろから顔をつきだし、タクミは護法童子《ごほうどうじ》がよびだしたという池を見つめている。

「でも、なんで池なんてよんだの？」

ユイはまたたずねた。

護法童子《ごほうどうじ》が、青いスモックのポケットに両手をつっこんで、ユイたちを下から見あげながら口をひらいた。

「なくなった池といっしょに、地面の底《そこ》にうもれたものたちをよびだすためじゃ。呪《のろ》いをかけられてねむるものたちを、この地の上に、よびよせるためなのじゃ」

「呪《のろ》いをかけられたもの？」

ユイがくりかえしたそのことばは、青い闇《やみ》の中、不吉《ふきつ》にひびいた。

みんながだまりこみ、あたりを沈黙《ちんもく》がつつんだ。池もくさむらも庭の木立も、まるでなにかをまちかまえるように、しずまっている。

そのとき――。闇《やみ》のおくから、かすかな音が聞こえた気がした。

〈あれ？〉と、ユイは耳をすます。耳をすまし、それから、風の耳もそばだてたが、音の正体をはっきりとはつかまえられなかった。

それは、なにかの声のようだった。でも、どれだけ聞きとろうとしても、なぜか聞きとることのできない声なのだ。

――声にならない声。ことばにならないことば……。

ホギおばさんが園長先生の池の中で聞いたのは、この声かもしれない、とユイは思った。

「さわがしいねえ」

イツキおばあちゃんが、そういって顔をしかめた。おばあちゃんにも、このふしぎな声が聞こえているようだ。

「だれか、なんか、しゃべってるよ」

タクミの耳にも、とどいているらしい。

みんなに聞こえているのに、だれも聞きとることができないようだった。

ユイもタクミも、イツキおばあちゃんもモエも、みなが声の主《ぬし》をさがして、庭をつつむ闇《やみ》の中をきょろきょろ見まわしている。どうやら、その声ともいえないざわめきは、ユイたちの足もとのほうからひびいてくるようだ。

しかし、いくら足もとに目をくばっても、声の主《ぬし》のすがたは見あたらなかった。

タクミが地面の上を見まわしながら、首をかしげる。

「いったい、なんの声？　だれがしゃべってるんだろ？」

護法童子《ごほうどうじ》が、ぽつんとこたえた。

「呪《のろ》われたものたちの声だよ」

すると、いままでだまっていたモエが、ふしぎな声に耳をかたむけながら口をひらいた。

「のろいを、といてって、いってるよ。のろいを、といて、のろいを、といてって……」

「モエ……、あんた、聞こえてるの？」

風の耳でもキャッチできないことばを、おさない妹がとらえているらしいことにおどろいて、ユイはモエを見た。

モエは、わずかに首をかしげ、熱心《ねっしん》に耳をそばだてながら、暗い地面の上をじっと見つめている。

「のろいをといて、のろいをといてって、いってる」

そう、おなじことばをくりかえしたあと、モエはつけたすようにいった。

「石さんがね、のろいをといてって、いってるんだよ」

「え？　石さんが？」

びっくりしたように聞きかえしたのは、タクミだった。

ユイとタクミとイツキおばあちゃんは、おもわず三人で顔を見あわせてしまった。

「……そうか、なるほどね」と、まっ先にイツキおばあちゃんがうなずいた。

「魂《たま》よせの口、だね？」

ユイの頭の中にも、ちょうどおなじ考えがうかんだところだった。

〝魂《たま》よせの口〟それは、モエがキツネ一族からうけついだ能力《のうりょく》だ。モエには、人ならぬもののことばを理解《りかい》する力があるらしいのだ。きっといま、モエは、ユイたちには聞きとれない石のことばをキャッチし、そのことばを、石にかわって語っているのではないだろうか？

「……でもさ、石って、しゃべったりする？」

タクミがあやしむように、疑問《ぎもん》を口にした。

たしかに……と、ユイも首をかしげる。木や虫や動物たちなら、ユイたちにはわからないことばを発しているのも当然《とうぜん》だが、命のない石ころが、ぺちゃくちゃおしゃべりをしたりするものだろうか？

すると、イツキおばあちゃんがまた、口をひらいた。

「ただの石ころじゃないってことだね？　そうだろう？」

おばあちゃんは、護法童子《ごほうどうじ》に問いかける。

「しゃべっているのは、呪《のろ》いをかけられた石なんだね？　……いや、呪《のろ》いで石に変《か》えられたものたちなんじゃないのかい？」

「そのとおりじゃ！　そのとおりじゃ！」

童子《どうじ》は、うれしそうに大きくうなずいて、パチパチと手までたたいた。

「おいらが、よびだしたんじゃ！　古い池とともに、深い土の下にうまったものたちを、おいらが、やっと地上によびだしたんじゃ！　呪《のろ》いをとくために！」

「そいつら、なんで石にされちゃったの？　……ていうか、だれが、そんな呪《のろ》いなんかかけたの？」

タクミがすかさず、質問《しつもん》をくりだす。

「石にされてるものたちって、だれ？」

ユイも、タクミのことばにくっつけて、質問《しつもん》を童子《どうじ》に投げかけた。

一つ答えがわかっても、またすぐに新しいなぞがわきだしてくる感じだ。

童子《どうじ》は、うけとった質問《しつもん》の、どれに答えを投げかえそうかというように、目をぱちぱちさせながらユイとタクミの顔を見くらべていたが、やがて、にこりとわらってこういった。

「呪《のろ》いをかけたのは、悪い大蛇《おろち》じゃ。石にされたのは、きのどくなカエルたちじゃ」

「え？」

童子《どうじ》のことばを聞いて、ユイの心の中に、図書の時間に読んだむかし話がよみがえった。

「それって、もしかして、竜神池《りゅうじんいけ》にすみついて村人たちをこまらせた大蛇《だいじゃ》のむかし話と、関係《かんけい》ある？　カエルが、大蛇《だいじゃ》の弱点は針《はり》だって、村の人たちに教えたせいでやっつけられたっていう、あの大蛇《だいじゃ》の話と、関係《かんけい》あるのかな？」

「あるとも、あるとも」と、童子《どうじ》はうなずいてしゃべりだした。

「あいつは、ずるくて、いじのわるいヘビだった。竜神池《りゅうじんいけ》にすみついて悪さをしては、それをぜぇんぶ、竜神《りゅうじん》のたたりだといいふらしたんじゃ。しまいには、坊主《ぼうず》に化《ば》けて村人をだまし、村のむすめを竜神《りゅうじん》のいけにえにさしださねば、おそろしいことがおきるとしんじこませた。ほんとうはな、じぶんがいけにえのむすめをぺろりと食べて、三百年の命を得《え》ようとたくらんでいたくせにな」

タクミが、ユイのうしろから身をのりだし、童子《どうじ》の話にあいづちを打った。

「そっか！　それで、カエルが、むすめにたすけられた恩《おん》がえしに、そのむすめの身がわりになったってことか！」

「そうじゃなくて……」と、ユイも口をはさむ。

「カエルは、大蛇《だいじゃ》の弱点を村の人たちにつたえたんだよね？　それで、村の人たちが大蛇《だいじゃ》をやっつけたんでしょ？」

護法童子《ごほうどうじ》はユイを見て、「そうじゃ」とうなずいた。

「大蛇《おろち》のたくらみをしった竜神《りゅうじん》さまが、カエルたちに命じたのじゃ。『大蛇《おろち》の弱点を村人につたえよ』とおおせられ、カエルたちに、ある歌をうたわせた」

そういうと童子《どうじ》は、月の光の中、池のはたで、元気に声をはりあげ、うたいだした。

「竜神池《りゅうじんいけ》にすむものは　竜《りゅう》ではござらん　蛇《じゃ》でござる
坊主《ぼうず》に化《ば》けた　蛇《じゃ》でござる
竜神池《りゅうじんいけ》の大蛇《おろち》どの　なにがいちばん　こぉわい？

鉄砲《てっぽう》よりも鎌《かま》よりも　針《はり》がいちばん　こぉわい
ビッキ　ビッキ　ケケロッケ」

それは、ユイが図書室でみつけた歌より、長い歌だった。前半の部分は、長い年月のあいだにわすれられてしまったのかもしれない。

遠いむかしの歌をうたい終えた童子《どうじ》は、またしゃべりだした。

「カエルたちが、歌で大蛇《おろち》の弱点を教えたおかげで、いけにえのむすめは救《すく》われ、竜神《りゅうじん》池《いけ》の大蛇《おろち》は退治《たいじ》されたんじゃ」

〈どっちもあってて、どっちもまちがってたんだ……〉

童子《どうじ》の話を聞きながら、ユイはそう思っていた。玉泉寺《ぎょくせんじ》のホームページの情報《じょうほう》には、カエルたちが大蛇《だいじゃ》の弱点を教えたことは記《しる》されていなかったが、むすめがいけにえにされそうになったことは書いてあった。町のむかし話では、そのいけにえのところは省《はぶ》かれ、そのかわり、カエルたちの歌の一部がちゃんとつたえられていたのだ。

そう考えているユイのまえで、護法童子《ごほうどうじ》は、竜神池《りゅうじんいけ》の大蛇《だいじゃ》とカエルにまつわる物語のつづきを語りだした。

「しかし、大蛇《おろち》はしかえしをしたんじゃ。退治《たいじ》されるまえに、しかえしをしたんじゃ。しかえしに呪《のろ》いをかけた。『じぶんの弱点を村人に教えたものはみな、石になれ』と呪《のろ》って、大蛇《おろち》は死んだ」

「石になれ……？」

タクミが、おうむがえしにつぶやく。

「だから……、だからカエルたちは、呪《のろ》いで石になっちゃったってことね？」

ユイは、護法童子《ごほうどうじ》に問いかけた。

「そうじゃ、そうじゃ」と、童子《どうじ》がうなずく。

「カエルたちは、みぃんな石になってしまった。村人たちは、村を救《すく》ってくれたカエルたちが石にされたことを悲しんで、願《がん》をかけたんじゃ。玉泉寺《ぎょくせんじ》の竜王堂《りゅうおうどう》に願《がん》をかけ、カエルたちにかけられた呪《のろ》いをといてやってくれと、竜神《りゅうじん》に祈《いの》ったんじゃ。毎年、毎年、カエルたちのために祈《いの》ったんじゃ」

ユイとタクミは顔を見あわせた。ユイが、たしかめるようにつぶやく。

「それが、蛙供養《かえるくよう》？　三百年まえにはじまったっていう蛙供養《かえるくよう》は、もともとは、カエルたちにかけられた大蛇《だいじゃ》の呪《のろ》いをとくためのお祈《いの》りだったってことなの？」

「そうじゃ、そのとおりじゃ」

まじめくさってうなずく護法童子《ごほうどうじ》に、こんどは、イツキおばあちゃんが問いかけた。

「わからないねえ。それなら、なんでいまごろ、おまえが出てきたんだい？ 三百年もまえから、みんなが『呪《のろ》いをといてくれ』って祈《いの》っていたんだろ？ 竜神《りゅうじん》さまは、どうしていまごろ、護法童子《ごほうどうじ》をつかわせる気になったのかね？ どうして、もっと早く、カエルたちにかけられた呪《のろ》いをといてやらなかったんだい？」

童子《どうじ》は、じぶんがせめられたとでも思ったのか、ぷんとふくれて、おばあちゃんの顔をにらむように見あげた。

「だってさ、悪い大蛇《おろち》の呪《のろ》いは、すっごく強かったんじゃ。命がけの呪《のろ》いだからな。竜《りゅう》神《じん》さまでも消せないぐらい、強い呪《のろ》いだったんじゃ。竜神《りゅうじん》さまはおっしゃった。この呪《のろ》いの力を消すには、長い年月がかかるって。大蛇《おろち》が、わかいむすめをぺろりと食べて手に入れようとした、三百年の命分の年月とひきかえにならば、呪《のろ》いを消しさることができるだろうってな」

「あれっ？」と、首をひねったのはタクミだった。

「三百年って来年でしょ？ 来年でたしか、蛙供養《かえるくよう》がはじまって三百年目なんだよね？」

「じゃあ、来年まで、まてばいいじゃないか」

イツキおばあちゃんがまた、非難《ひなん》めいたちょうしでそういうと、童子《どうじ》は、しかめっつらでいいかえした。

「来年まで、まてぬ理由があるんじゃ。ほうっておけば、まもなく、この土地はほりかえされ、かためられ、石のカエルたちは、もう二度と、池の上に出てこられなくなるじゃろう。そうすれば、呪《のろ》いをとくことはかなわなくなってしまうんじゃ」

「あ……。工事？　園長先生んちの工事のこと、いってるのね？」

ユイは気づいて、童子《どうじ》の顔を見る。

「そうじゃ。だから、おいらの出番なんじゃ」

護法童子《ごほうどうじ》は、いばったようにむねをはってみせた。

「だから、竜神《りゅうじん》さまが、おいらに命じられたんじゃ。満願《まんがん》の日が満《み》ちるまで、あと少し足らないが、大蛇《おろち》の呪《のろ》いの力は弱まっている。だから、おいらに、カエルたちにかけられた呪《のろ》いをといてやるようにと、おおせられたんじゃ」

「なるほどねえ」

イツキおばあちゃんがうなずきながら、大きくいきをついた。

「これで、やっとわかったよ」

でも、ユイには、まだわからないことがあった。

「だけど、じゃあどうして、モエをまきこんだの？」

ちょっとつっかかるように、ユイは護法童子《ごほうどうじ》を問いただす。

「竜神《りゅうじん》さまのたいせつな命令《めいれい》なら、だれにもいわずに、かくしとけばいいでしょ？　そんなだいじな秘密《ひみつ》の場所に、どうしてわざわざ、モエをさそっていったりしたのよ。指きりで口どめするぐらいなら、さそったりしなきゃいいのに……」

「そうじゃないさ」

護法童子《ごほうどうじ》より先に、イツキおばあちゃんがそういった。

「この子は、モエに口どめをしようとしたんじゃないと思うよ。モエに秘密《ひみつ》をしゃべってほしくなかったんじゃないんだよ。秘密《ひみつ》をしゃべって、約束《やくそく》をやぶってほしかったのさ」

「どういうこと？」

タクミが、ぽかんとした顔でたずねると、イツキおばあちゃんは、ことばをつづけた。

「護法童子《ごほうどうじ》が、わざわざモエを秘密《ひみつ》の庭にさそいこんで、そこにいったことをだれにもいわないって指きりさせたのはね、モエがきっと、その秘密《ひみつ》を、うっかりしゃべっちゃうだろうって思っていたからなのさ。約束《やくそく》をやぶらせて、モエの口にカエルの口の呪《のろ》いをかけるのが、きっと、この子の作戦《さくせん》だったんだよ」

「なんで⁈」

ふんがいして、さけぶように聞くユイに、おばあちゃんではなく護法童子《ごほうどうじ》がこたえた。

「だって、カエルの口でキスすれば、石になったカエルを、もとのカエルにもどせるからじゃ。呪《のろ》いを呪《のろ》いでとくのが、おいらの作戦《さくせん》なんじゃ」

モエは、ユイと童子《どうじ》の顔をぽかんと見あげている。

ユイは、なっとくがいかなかった。

「じゃあ、ちゃんと最初《さいしょ》からそう説明《せつめい》して、モエにたのめばよかったのに……」

そういうユイをながめて、護法童子《ごほうどうじ》が、やれやれというようにためいきをもらした。

「説明《せつめい》してたのんだら、呪《のろ》いにはならないんじゃ。それぐらい、わからんのか？」

むっとしてだまりこむユイのうしろから、タクミがいった。

「じゃ、だれでもよかったんだね？　だって、モエじゃなくても、そんな約束《やくそく》、きっとみんなやぶっちゃうよ。幼稚園《ようちえん》ぐらいのちっちゃい子なら、お母さんから追及《ついきゅう》されたら、ごまかせっこないもん」

「ごまかせっこないもん」

モエが、そうだ、そうだというように、もっともらしい顔でタクミのことばをくりかえした。

「いいや、モエでなくちゃだめなのさ」

イツキおばあちゃんがいった。

「この子でなくちゃ、だめなんじゃ」

護法童子《ごほうどうじ》がいった。

「なんで?」

ユイとタクミが同時に聞いた。

こたえたのは、イツキおばあちゃんだった。

「だって、石のことばを聞きわけられるのは、モエしかいないじゃないか。あたしたちには、ザワザワヒソヒソ、ささやく声は聞こえるけれど、どの石がしゃべっているのかなんて、わからないよ。でも、モエならきっと、わかるはずさ。しゃべっている石をみつけられるはずだと思うよ」

「モエ……」

〈なんのことだろう?〉というようにみんなを見まわしているモエに、ユイはよびかけた。

「あんた、どの石がしゃべってるか、わかるの?」

モエは、きょとんとしたようにユイを見あげたが、すぐ、てのひらを耳にあて、そっと闇《やみ》の中に耳をすました。

みんなの目がモエに集まる。

ヒソヒソヒソ、ザワザワザワ……。

みんなが沈黙《ちんもく》すると、声にもならない、ことばともいえない、ふしぎなざわめきが足もとからひびいてくるのがわかる。地面にしげる草のあいだには、よく見ると、あっちにもこっちにも、小さな石がころがっていた。ユイは、カエルの形の石をさがしたが、そんな石は見あたらなかった。

大蛇《だいじゃ》の呪《のろ》いで石に変《か》えられたとき、すでにカエルたちは、カエルとしてのすがたをうしなってしまったのだろうか? それとも三百年もの年月、石になっているあいだに、すりへり、まるまり、ほかの石と区別《くべつ》がつかなくなってしまったのかもしれない。

〈だめだ……。どの石がしゃべってるのかなんて、わかんない。もともとはカエルだった石なんて、見わけられない……〉

ユイが心の中でそう思ったとき、モエがパッと顔をあげて、ユイのほうを見た。

「わかるよ」と、モエはいった。

ユイとタクミは目を見はって、小さい妹の顔を見つめた。

モエは、とくいそうにわらっている。

「どの石さんがおしゃべりしてるか、モエ、わかるもん」

護法童子《ごほうどうじ》が、呪文《じゅもん》でもとなえるようにモエをけしかけはじめた。

「呪《のろ》いをといて！　呪《のろ》いをといて！　石にキスして、呪《のろ》いをといて！」

「うん、いいよ」

「だけど……」

ユイは、はりきる妹を見つめながら、ふと思い出した不安《ふあん》を口にした。

「モエのキスがきくのは、生きてるものだけだったよ。サボテンにはきいたけど、なべつかみやクッションはだめだったもん。石にキスしても、効果《こうか》ないかも……」

「だいじょうぶ、だいじょうぶ」

護法童子《ごほうどうじ》がにこにことうなずいてみせる。

「石は石でも、ただの石じゃない。しゃべっている石は、ほんとうはカエルなんじゃ。そ

の石の中には命がとじこめられているんじゃ」

そういうと童子《どうじ》は、もう一度モエをけしかけた。

「呪《のろ》いをといて！　呪《のろ》いをといて！　石にキスして、呪《のろ》いをといて！」

「うん、いいよ！」

そうこたえたモエは、その場にしゃがみこみ、足もとの石を一つひろって、ぴょこんと立ちあがった。

モエのてのひらにのった小さな石を、みんながじっと見つめている。

モエは、ひろった石の土を軽くはらってから、そうっと、そうっと、その石の表面に、とがらせたくちびるを近づけていった。

チュッ！

一瞬《いっしゅん》、モエのてのひらの上の小石は、消えうせたように見えた。

「あっ！」

タクミが声をあげる。

「カエルだ！　アマガエルだ！」

小石の消えたモエのてのひらの上に、小さなエメラルドグリーンのアマガエルが、すがたをあらわしていた。

「くしゅぐったぁい！」

カエルがうごいたので、モエがくすくすわらって身をよじった。

ピョン！

宝石《ほうせき》のように美しいアマガエルは、月の光の中、モエの手の上からピョンとはねて地面に飛《と》びおりると、そのままくさむらのかげに見えなくなった。

「すっげえ!!」

タクミがさけんだ。

「もどった！　石がカエルにもどった！」

「呪《のろ》いがとけたんだね?!」

ユイもドキドキするむねをおさえて、カエルの消えたくさむらを見つめた。

護法童子《ごほうどうじ》がまた、うたうようにモエをけしかける。

「呪《のろ》いをといて！　呪《のろ》いをといて！　石にキスして、呪《のろ》いをといて！」

「オッケー！」

モエは、はりきって護法童子《ごほうどうじ》にこたえた。

それからモエは、池のほとりを歩きまわっては耳をすまし、一つ、また一つ、石をひろいあげてはキスをした。

モエにキスされた石は呪《のろ》いをとかれ、一ぴき、また一ぴきと、アマガエルにもどっていく。どうやら石に変《か》えられたカエルたちは、ひとところにかたまってころがっているようだった。モエは、池のこっち岸のくさむらの中をあっちにいったりこっちにきたりしながら、石をひろいあげている。

ユイは、石がカエルにもどるたび、その数をかぞえていった。

一ぴき、二ひき、三びき……、十ぴき……十五ひき、十六ぴき……。

とうとう十八個目《こめ》の石が、十八ぴきめのカエルにもどったとき、モエがいった。

「もう聞こえないよ。みんな、カエルにもどっちゃったよ」

ユイたちの耳にも、あのふしぎなざわめきは聞こえなくなっていた。

護法童子《ごほうどうじ》が、にっこりとうなずく。

「そうじゃ、そうじゃ。そのとおりじゃ。ぜんぶでカエルは十八ぴき。これで、すべての呪《のろ》いがとけたぞ!」

童子《どうじ》が、そのことばをいい終えたときだった。

池のはたの木々をなぎたおさんばかりの風が、あたりにふきわたった。

はっといきをのむユイたちのまえで、護法童子《ごほうどうじ》が空を見あげ、風の中、楽しげにさけぶのが聞こえた。

「おむかえがまいるぞ! おむかえじゃ! 天から、竜神《りゅうじん》のむかえがまいるぞ!」

10

竜神《りゅうじん》のつかい

「キャー！」

風にふきとばされそうになって、モエがユイにしがみついた。

ユイは妹の体をぎゅっとだきしめたが、あまりの風の強さに、目もあけていられないありさまだった。

イツキおばあちゃんが両うでをひろげ、ユイとタクミとモエの体をかかえこんだ。

「これはいったい、なんのさわぎかね？」

ブツブツと、おばあちゃんがもんくをいっている。

「なに？　おむかえって、なに？　なにがくんの？」

タクミも、嵐《あらし》のような風の中で、おろおろとあわてふためいている。

また、楽しげな護法童子《ごほうどうじ》の声が聞こえた。

「竜《りゅう》だ！　竜《りゅう》がまいるぞ！

八ぴきの竜《りゅう》がまいるぞ！」

「八ぴきの竜《りゅう》?!」

ユイがあきれてさけぶと、タクミも風の中、さけぶようにいった。

「なんで、八ぴきもくんの？　おむかえって、なんのおむかえ？」

タクミの声を聞きつけた童子《どうじ》が、こたえてさけびかえす。

「カエルたちをむかえにくるんじゃ！」

「えーっ?!」

タクミがユイのすぐそばで、すっとんきょうな声をあげた。

「たった十八ぴきのカエルをむかえに、なんで八ぴきも竜《りゅう》がくるんだよ?!　カエルをどこにつれてくの?!」

「竜神《りゅうじん》さまのいらっしゃる天空へ！」

護法童子《ごほうどうじ》がこたえた。

「呪《のろ》いをとかれたカエルたちは、竜神《りゅうじん》さまのけらいにむかえられることが決まっているんじゃ！　でも、竜《りゅう》をよんだのは、おいらだぞ！」

童子《どうじ》は、なんだかとくいそうにいった。

「だって、その子が竜《りゅう》を見たいっていったから！　だから、竜神《りゅうじん》さまにおねがいして、わざわざ、竜《りゅう》をよんだんじゃ！　わざわざ、結界《けっかい》と天をつないだんじゃ！

ごほうびじゃ！　ごほうびじゃ！

竜神《りゅうじん》さまの、おつかいにあらせられるぞ！

八ぴきの竜《りゅう》がまいるぞ！

ごほうびじゃ！　ごほうびじゃ！

竜《りゅう》を見せてやるぞ！」

ユイは、おばあちゃんのうでの中で、じぶんにしがみついている妹に、風に負けない大声でたずねた。

「モエ、あんた、竜《りゅう》、見たいっていったの？」

みんなのまん中で、もみくちゃになっているモエが、ユイを見あげてむじゃきにうなずいた。

「うん、いったよ。竜《りゅう》、見てみたいなあって……」

「キャンセルしろよ！　キャンセル！」

八ぴきの竜《りゅう》の到来《とうらい》に動揺《どうよう》して、タクミはそんなことをさけんだが、風はいきおいをますばかりだった。

そのうえ、暗い空の上からは、ゴォゴォと、なにかが風をきってやってくる音がひびきはじめている。

ユイの風の耳は、大きなものの気配を、夜空の闇《やみ》の中に感じとっていた。

「おや、おや。ほんとうだ。おどろいたね、ほんとうに竜《りゅう》がやってきたよ」

イツキおばあちゃんのことばに、ユイとタクミとモエは、いっせいに空をあおいだ。

空を見あげたとたん、ユイは、はっといきをのんだ。

結界《けっかい》の中の池の上に、はてしない闇《やみ》がひろがっている。

それは、ユイたちの見なれた町の夜空とは、まるでちがっていた。かがやく町のあかりがてりはえることもなく、月も見えない。星の影《かげ》も、雲の影《かげ》さえもなく、ただ深い底《そこ》なしの闇《やみ》が、漆黒《しっこく》のマントのように、すっぽりとユイたちの頭上をおおっているのである。

ゴォーン、ゴォーン、ゴォーン

グォーン、グォーン、グォーン

その闇《やみ》の中を、なにかが近づいてくる。風をきって、やってくる。

見れば、イツキおばあちゃんの目は青く光っている。キツネ族のおばあちゃんの目は、闇《やみ》の中でも、きっとすでに、天空の竜《りゅう》のすがたをとらえているのだろう。

ユイには、まだ竜《りゅう》のすがたは見えなかった。でも、風の耳が、ユイに巨大《きょだい》なものたちのすがたをつたえていた。

そいつらは、何両もつらなる列車ほどもありそうな大きくて長い体を、なめらかにくねらせ、はるかな上空をすばらしいスピードで、こっちにむかって泳ぎよってくる。一ぴき、二ひき、三びき……たしかに、八ぴきいる！

竜《りゅう》たちの体をこする風のひびきが聞こえた。竜《りゅう》たちが低《ひく》い雷鳴《らいめい》のような音をたてて、ゴロゴロとのどを鳴らしているのも聞こえた。

〈竜《りゅう》だ!〉

ずっとまえ、ユイたちの家にやってきた一ぴきの竜《りゅう》のすがたが、ユイの脳裏《のうり》にあざやかな映像《えいぞう》となってくっきりとうかんだ。その小さな竜《りゅう》は、ユイたちの家であっというまに大きくなって、嵐《あらし》の夜、仲間《なかま》たちのまつ空の上へと帰っていったのだ。

竜《りゅう》だ。竜《りゅう》たちがきた。もう、ユイたちの頭の上にやってきた。

竜《りゅう》たちがま上にやってくると、ふしぎなことに、あんなにふきあれていた風はしだいにしずまっていった。そのかわり、竜《りゅう》たちのあげる雷鳴《らいめい》のような鳴き声が、地面をゆるがすとどろきとなってふってきた。

ゴロォン、ゴォン、ドドン、ゴロン……

ドグゥン、ドォン、ドゴン、ゴロン、ロン……

竜《りゅう》たちがほえている。遠い闇《やみ》の上で鳴きかわしながら、八ぴきの竜《りゅう》は、輪《わ》を描《えが》くようにぐるぐると上空を飛《と》びまわっているようだった。

「竜《りゅう》がまいったぞ! 竜《りゅう》がまいったぞ!」

護法童子《ごほうどうじ》が空を見あげて、うれしそうにさけんでいる。

ユイとタクミとモエは、イツキおばあちゃんにぴったりと体をくっつけたまま、こわごわ頭の上に目をあげた。そのとき――。

闇《やみ》の中に、白い光がひらめいた。

純白《じゅんぱく》のうろこにおおわれた竜《りゅう》のすがたが、遠い漆黒《しっこく》の夜空に、一瞬《いっしゅん》うかびあがって消えた。

どうやら、竜《りゅう》の体が光をはなっているらしい。あっちでぴかり、こっちでぴかり。ぼんやりとしたつめたい光がひらめくたび、かがやく竜《りゅう》の体が闇《やみ》にうかんで見える。

よく見ると、八ぴきの竜《りゅう》たちは、それぞれ体の色がちがうようだった。きっと、体をおおっているうろこの色合いが、ちがっているのではないだろうか。

雪のような白竜《はくりゅう》、炎《ほのお》のような赤竜《せきりゅう》、太陽のような金竜《きんりゅう》、月のような銀竜《ぎんりゅう》、若葉《わかば》のような緑の竜《りゅう》、ヒマワリのような黄色い竜《りゅう》、リンドウの花のような紫《むらさき》の竜《りゅう》、そして深い海の色をした青竜《せいりゅう》。

「一ぴきずつ色がちがうね」

タクミも気づいて、上空の闇《やみ》に目をこらしながらつぶやく。

「ちれいねえ……」

モエが興奮《こうふん》したようすで、そういった。

八色の竜《りゅう》たちは、かさなりあうようにつらなって、ぐるぐると闇《やみ》に輪《わ》を描《えが》いている。

「おむかえじゃ！　おむかえじゃ！

竜神《りゅうじん》さまの、おむかえじゃ！」

護法童子《ごほうどうじ》のその声を聞いたユイは、なにげなく足もとに目をおとして、おどろいた。

地面の上で、緑色の小さなものたちが、ピョンピョンとはねていた。

アマガエルだ。十八ぴきのアマガエル。モエのキスで呪《のろ》いをとかれたアマガエルたちが、
フライパンの上のポップコーンみたいに、あっちでもこっちでも、ピョンピョン、ポンポン、はずんでいる。

「さあ、まいれ！　さあ、まいれ！

竜神《りゅうじん》さまのもとへ、カエルたちをはこべ！」

護法童子《ごほうどうじ》がさけんだとき、空の上の竜《りゅう》たちが、いっせいにとどろくような声をあげた。

ゴォン、ゴロォン、ゴォン、ロォォォン……

ドォン、グオォン、ドゴン、ゴロン、ロン……

ゴロォン、ドクウゥン、ロォン、ロォン……

すると――。

ユイの目のまえで、一ぴきのアマガエルが、高く、高く、はねあがるのが見えた。

上空でひらめく竜《りゅう》たちの光にてらされ、アマガエルの体がエメラルドみたいに、きらりと光る。

「あ！　カエルが！」

さけぶユイの頭を飛《と》びこえ、エメラルドの光は、まっすぐ、竜《りゅう》たちが飛《と》びまわる天空の闇《やみ》のかなたへのぼっていって、見えなくなった。

ピョーン！

また一ぴき、カエルが高くジャンプする。こんども、宝石《ほうせき》のようにかがやいたその体は、地面の上におちることなく、闇《やみ》の高みへ消えていった。

一ぴき、また一ぴき――。

小さなアマガエルたちは、エメラルド色にかがやく小さな星になって、空へのぼっていった。

きらきらとかがやきながら、竜《りゅう》たちのもとへ飛《と》んでいって、消えてしまったのだ。

「どこ、いっちゃったの？」

モエが、あおむけにひっくりかえらんばかりに天をあおいで、そうたずねた。

「竜《りゅう》たちのもとにいったんだよ。竜《りゅう》の背中《せなか》にのって、これから、竜神《りゅうじん》さまのもとへつれていってもらうためにねえ」

イツキおばあちゃんが、しずかにこたえた。

竜《りゅう》たちは、まだ闇《やみ》の中を飛《と》びまわっている。白に赤に金に銀、緑に黄色に紫《むらさき》に青、みな、ひらめくようにかがやきながら、輪《わ》を描《えが》いて、ゆるやかにつらなっているのが見える。

ゴォン、ゴロン、ゴロン、ロォォン、ロン
グォン、グロン、ロォン、グォォン、オン……

雷鳴《らいめい》のような声が聞こえる。波のように体をくねらせながら、闇《やみ》の中を泳いでいる。

ふと、つながっていた竜《りゅう》の輪《わ》がとぎれた。竜《りゅう》の輪《わ》は行列に変《か》わる。

行列の先頭は、あの純白《じゅんぱく》の竜《りゅう》だった。

「あ……！　こっちにくる！」

タクミが指さして、そうさけんだ。竜《りゅう》たちは、ゆっくりと闇《やみ》の底《そこ》にもぐりこむようにして、ユイたちのほうへ近づいてこようとしていた。

さっきまで、はるかかなたに見えていた八ぴきの竜《りゅう》が、しだいに大きく、しだいにくっきりと、じぶんたちの上にせまってくるのを、ユイたちはいきをのみ、目を見はり、夢《ゆめ》のような気分で見つめていた。

「ごほうびじゃ！　ごほうびじゃ！

とくと、よく見よ！　八ぴきの竜《りゅう》じゃ！

竜神《りゅうじん》さまのおつかいじゃ！」

護法童子《ごほうどうじ》が、ほがらかにそうつげるのが聞こえた。竜《りゅう》たちの行列は、まるでそのことばにまねかれるように、ぐんぐんユイたちのほうに近づいてくる。

川の流れをくだるように、ゆるやかに風の中をくだってくると、やがて純白《じゅんぱく》の竜《りゅう》は、闇《やみ》の底《そこ》のてまえで、ふわりと頭をもたげ、するするとまた空のかなたへのぼっていった。

竜《りゅう》がいちばんそばまで近づいたとき、ユイは、竜《りゅう》の体をつつむ美しいまっ白なうろこの一まい一まいまでを、はっきりと見ることができた。鼻づらからのびる二本のひげが、なにかをうかがうように、ぴくぴくとうごいているさまや、銀色のたてがみが風にゆらゆらとそよぐようすや、金色の目がやさしくユイたちにそそがれるのを、ただうっとりとながめていた。

先頭の竜《りゅう》につづいて、竜《りゅう》たちは、まるであいさつでもするようにユイたちのもとにくだってきては、またつぎつぎに、闇《やみ》のかなたへと遠ざかっていった。

白い竜《りゅう》も赤い竜《りゅう》も、金銀の竜《りゅう》も、緑も黄色も紫《むらさき》の竜《りゅう》もさり、行列のいちばん最後《さいご》に空をくだってきたのは、青くかがやく竜《りゅう》だった。

その竜《りゅう》は、ユイたちの上までやってくると、すぐに飛《と》びさろうとはせず、長い体をゆるやかにくねらせながら、闇《やみ》の底《そこ》に立つユイたちのことをじっと見おろしていた。

ユイとタクミとモエも、いきをのんで、その最後《さいご》の青い竜《りゅう》を見あげていた。

ゴロゴロゴロ……と、竜《りゅう》がのどを鳴らすのが聞こえた。金色のやさしい目が、ユイたちを見つめている。

そのとき。とつぜん、タクミが、はっとしたようにさけぶのが聞こえた。

「チビ竜《りゅう》！」

「えっ？」

ユイはおどろいてタクミを見た。

「チビ竜《りゅう》だ！　こいつ、チビ竜《りゅう》だ！」

タクミがいっしんに竜《りゅう》を見あげたまま、またさけんだ。

「うそでしょ？」

そういいながらユイは、じぶんのむねがドキドキしはじめていることに気づいた。

ユイたちのマンションにまよいこんできた、チビ竜《りゅう》。おふろ場のゆげを集めて巣《す》をつくっていたチビ竜《りゅう》。ハッカドロップが大すきだったチビ竜《りゅう》。とつぜん大きくなって、マンションのバルコニーから、嵐《あらし》の空へのぼっていったチビ竜《りゅう》――。

いま目のまえにいる、このりっぱな青い竜《りゅう》が、ほんとうに、あのチビ竜《りゅう》なのだろうか？

「チビ竜《りゅう》だろ？　おまえ、チビ竜《りゅう》だよな？」

タクミがよびかけながら、青い竜《りゅう》にむかって手をさしのべた。タクミののばした手の先より、竜《りゅう》がうかぶ場所はずっと高かった。とどくはずのない手を、タクミがそれでもひっしに高くかかげた、そのとき。

竜《りゅう》の長いひげが、ふわりとゆれた。そののばしたひげの先で、竜《りゅう》はそっとタクミの手にふれた。

まるで、「そうだよ」というように。

「チビ竜《りゅう》！　やっぱり、チビ竜《りゅう》だ！」

タクミがうれしげにさけんだ。

「チビ竜《りゅう》だ！　ほんとに、チビ竜《りゅう》だ！」

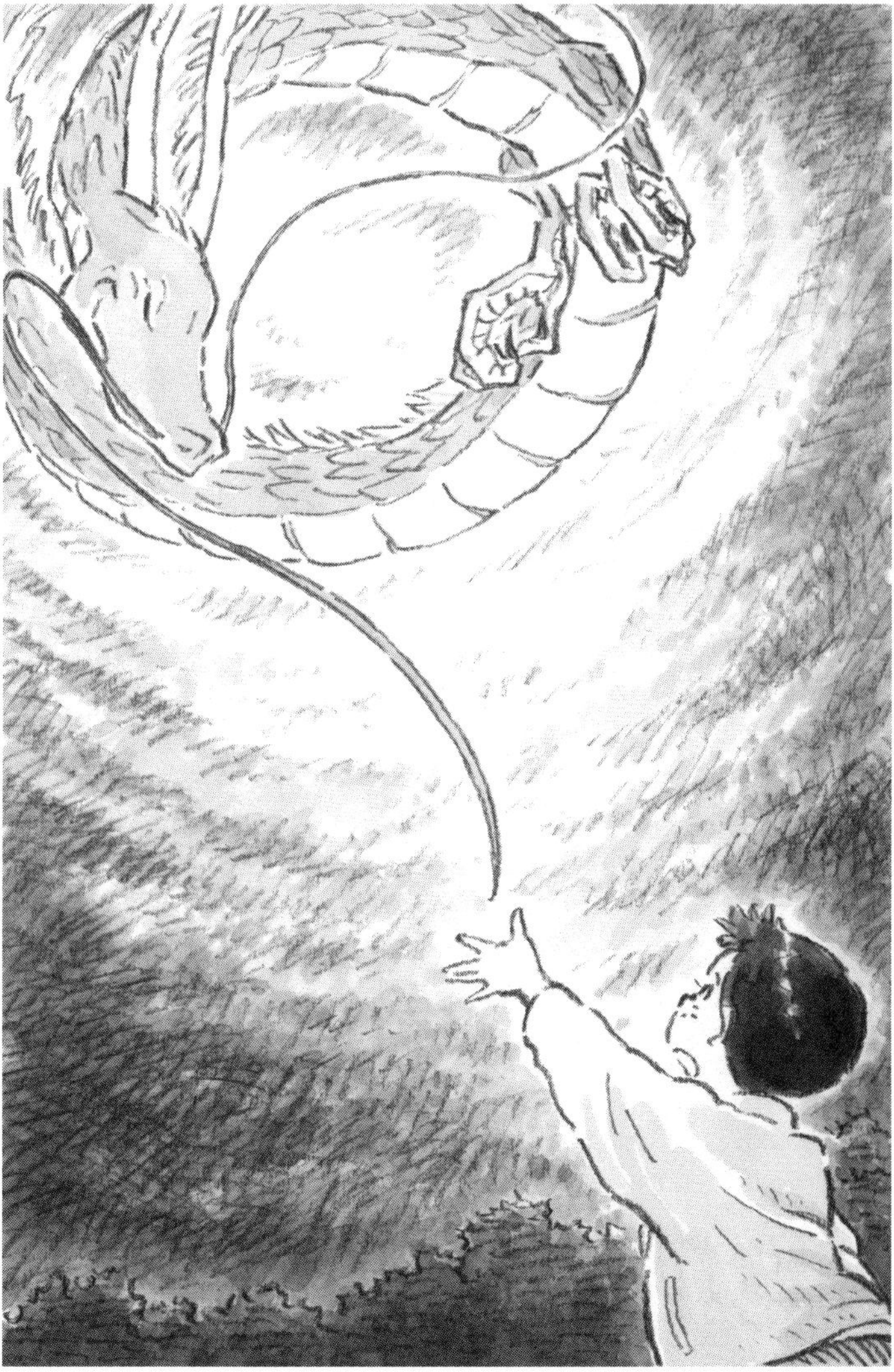

ユイもさけんだ。

「チビ竜《りゅう》！　チビ竜《りゅう》！　チビ竜《りゅう》だあ！」

モエがキィキィ声で連呼《れんこ》した。

青い竜《りゅう》は、深くうなずくかのように頭をさげると、その頭をふいと空のほうにもたげ、そのまま、ゆるやかに闇《やみ》の中をのぼりはじめた。

ユイたちの上を、大きな体がするすると音もなく流れていく。

はるかかなたをゆく仲間《なかま》たちのもとへ青い竜《りゅう》が遠ざかっていくのを、ユイとタクミとモエは、いきをつめ、目を見ひらいて、ただじっと見つめていた。

とうとう、竜《りゅう》のはなつ青いかがやきが闇《やみ》にのみこまれ、仲間《なかま》の竜《りゅう》たちのすがたもなにもかも、すっかり見えなくなってしまうまで、ユイたちはいつまでも、いつまでも、天の闇《やみ》を見つめて、うごかなかった。

「ごほうびじゃ」

護法童子《ごほうどうじ》が、ぽつんとはきだしたひと言に、ユイたちは、はっとわれにかえった。

イツキおばあちゃんが、ユイとタクミのかたをぽんとたたいて、にこりとわらう。

「よかったね。鬼神《きじん》のはからいにしちゃ、気のきいたごほうびだったたじゃないか」

タクミは、空を見あげていた目を足もとにおとして、うなだれている。

「また、あえるかな?」

タクミがだれにともなく、ぽつんと聞いた。

イツキおばあちゃんとユイは、顔を見あわせたきり、こたえられずにだまりこんでしまった。

「またね、っていってたよ」

そういったのは、モエだった。

「え?」

タクミが、はっとしたように聞きかえす。

モエは、じっとタクミを見あげて、ゆっくりとくりかえした。

「またね、だって。チビ竜《りゅう》がね、またね、っていってたよ。だからね、またあえるってことだよね」

タクミは、モエのことばを、何度も心の中でくりかえしているようだった。

またね。またね。またね――。

ユイは、考えこんでいる弟に声をかけた。

「そうだよ。チビ竜《りゅう》が『またね』っていったんなら、きっと、またあえるんだよ」

イツキおばあちゃんも、しずかにうなずいてタクミを見つめる。

「そうとも。竜《りゅう》はけっして、うそをつかないからね」

見あげると、闇《やみ》は消えていた。

西にかたむいた満月《まんげつ》が、明るくかがやいている。鏡《かがみ》のような池のまわりを青白い月の光がつつんでいた。

スモックを着た護法童子《ごほうどうじ》が、スキップしながら、モエのまえにやってきた。

「じゃあ、最後《さいご》に、おまえの呪《のろ》いをとこう。もう、カエルの口に用はない」

そういうと童子《どうじ》は、手をさしだして、モエの小指にじぶんの小指を、きゅっとからめた。

つないだ小指をブランコみたいにふりながら、童子《どうじ》がうたいだす。

「指きり　からきり　糸きり　げんまん
もちはついても　うそつくな
カエルの口の　呪《のろ》いは消えろ
もとの口に　もぉどれ！

キリカラ　コリカラ　カラキリ　トン！」

モエは、指きりが終わっても、目をパチクリさせてつっ立っているだけだった。

モエと童子《どうじ》の顔を見くらべながら、あやしむようにユイがたずねた。

「ほんとにいまので、呪《のろ》い、とけたの？」

「もちろんじゃ。これで、きっちり呪《のろ》いはとけた。もうだれも、この子のキスでカエルに変《か》わったりはしないぞ」

「いちおう、ためしてみたほうがいいんじゃない？　モエ、やってみろよ」

タクミの提案《ていあん》にうなずいて、モエは、とんがらせたくちびるを、提案者《ていあんしゃ》のほうにつきだした。

「ストーップ！　ちがうって！」

タクミがあわててあとずさる。

「なんで、ぼくが実験台《じっけんだい》になるんだよ？　ちがうのでためせって。ほら、そこのサザンカの木とか」

「ラジャー！」

モエは、タクミの指示《しじ》どおり、池のはたのサザンカの木に歩みよると、その幹《みき》にくちびるをおしあてた。

チュッ！

ユイとタクミとイツキおばあちゃんは、いきをつめてサザンカの木を見まもったが、けっきょく、なにもおこらなかった。

サザンカの木は、ただサザンカの木のまま、池のはたにたたずんでいる。

「よかったあ！　もうだいじょうぶだね！」

ユイは、呪《のろ》いのとけた妹の体をぎゅっとだきしめた。

「でも……、カエルに変《か》えられたおじいちゃんたちは、どうなるの？」

タクミが心配そうに質問《しつもん》する。

すると、護法童子《ごほうどうじ》は、スモックのすそをひるがえし、くるりとスピンをきめると、にこにこわらって口をひらいた。

「だいじょうぶ。だいじょうぶ。この子の呪《のろ》いのせいでカエルに変《か》えられた者たちは、呪《のろ》いがとけたとたん、もとのすがたにもどっておるはずじゃ。石のカエルたち以外《いがい》はな。あのカエルたちは、もう竜神《りゅうじん》さまのけらいとなり、天にのぼっておるからだいじょうぶ。大蛇《おろち》の呪《のろ》いも、とどくことはない。めでたし、めでたしじゃ」

そういうと、護法童子《ごほうどうじ》はうれしそうに、また、くるり、くるりとスピンをきめた。

「さあ、これでもう、おいらの仕事もおしまいじゃ。おいらも帰るぞ、おいらの場所へ。みんなも帰れ、みんなの場所へ」

そういう童子《どうじ》の見つめる先をユイがふりかえってみると、草原のまん中にぽつんと見える小さな門の木戸が、音もなくひらいていくところだった。

「ほう……。帰りは、すんなり通してもらえそうだね」

さっき、結界《けっかい》をやぶってユイたちをこの庭につれてきてくれたイツキおばあちゃんが、ぼそっとひとり言をいった。

木戸のむこうから風がふいてくる。秋の夜のつめたい風だ。結界《けっかい》の中に、園庭のほうから風が流れこんでくる。

「さらばじゃ。キツネの血をひく者たちよ」

護法童子《ごほうどうじ》の声が風の中にひびいた。

ユイたちが、木戸にむけていた目をもとにもどしてみると、もう、あの童子《どうじ》のすがたは消えていた。

「ゴボウさん、いっちゃった……。ゴボウさん、バイバイ……」

モエが、だれもいない池にむかって小さく手をふった。

「さあ、帰ろう」

おばあちゃんが、ユイとタクミのかたに手をまわし、ユイがモエの手をひいて、みんなは木戸にむかって歩きだした。

その小さな木戸を通りぬけようとしたとき、ユイたちを追いかけるように、どこかから護法童子《ごほうどうじ》の歌声が、かすかにひびいてきた。

「めでたやな　めでたやな
大蛇《おろち》の呪《のろ》いも　雲と消え
月もさやかに　晴れわたる
いまぞ　めざさん　水天宮《すいてんぐう》

竜神《りゅうじん》さまの　御殿《みどの》こそ
われらの　終《つい》のすみかなる」

ユイたちは、その歌を聞きながら木戸をくぐり、園庭をぬけ、家並《いえな》みの中の通りに出た。

「ねえ、おばあちゃんは、どうして今夜、ここにきたの？」

ユイは、ふと思い出して、イツキおばあちゃんに質問《しつもん》した。さっき、おばあちゃんは、モエのあとを追いかけてきたのだといっていたが、そもそも、いつもならおばあちゃんは、人間の町にやってきたりはしないのだ。

ユイたちのくらす町をいま、おばあちゃんとならんで歩くのはふしぎな気分だ。

「おじいちゃんとホギが行方不明《ゆくえふめい》のうえに、あんたたちのママは、いくら念《ねん》を飛《と》ばしても応答《おうとう》しない。こりゃあ、そっちでなにかおこってるんだな、って思ったんだよ」

おばあちゃんはユイの質問《しつもん》にこたえて、ためいきまじりにいった。

「夜叉丸《やしゃまる》とスエに、ようすを見てくるようにいったんだけどねえ。あの子たちときたら、まるであてにならないから……。しかたなく、あたしがじぶんで町にやってきたっていうわけだよ。それで、あんたたちの家のようすを見にいったら、マンションから出てくるモエが見えたのさ。ようすがおかしいと思っていたら、すぐ、あんたたちがモエのあとを追っかけていくのが見えた。だから、あたしも、そのあとを追っかけたんだよ」

そこでことばをきると、おばあちゃんはもう一つ、大きなためいきをついた。

「でも、まさか、こんなことになってるなんてねえ……。鬼丸《おにまる》じいちゃんとホギが、カエルの口のおかげで、カエルに変《か》えられてるとは思わなかったよ」

ユイとタクミは、ちょっぴり気まずい思いで顔を見あわせた。

二人がいいつけたわけではないけれど、結界《けっかい》の中で見聞きしたことから、イツキおばあちゃんは、それまでのだいたいの事情《じじょう》を察《さっ》してしまっているようだった。

ユイは、街灯《がいとう》の光の中でおばあちゃんを見あげると、いっしょうけんめいにいった。

「おじさんとスーちゃんに、うそついて、ごめんなさい。でもね、おばあちゃん、おじいちゃんとホギおばさんは、じぶんたちがカエルになっちゃったこと、山のみんなには、ぜったいしられたくなかったみたいなの。そんなことしられるぐらいなら、ひからびたほうがましだっていってたよ。だからさ……、だからね、おばあちゃん、モエの呪《のろ》いのせいで、おじいちゃんたちがカエルになっちゃったことは……」

「わかってるよ」

イツキおばあちゃんは足をとめ、ユイを見おろして、大きくうなずいた。

「こんどのことは、しらなかったことにしておくつもりだよ。それがキツネの情《なさ》けってもんだからね。あんたたちは、心配しなくてだいじょうぶ。ママにも、そういっといておくれ」

そのことばに、ほっと顔を見あわすユイとタクミをにこにこ見つめてから、イツキおばあちゃんは、モエのほうに身をかがめた。

「モエ、へんな呪《のろ》いをかけられて、たいへんだったねえ。これからも、よく注意するんだよ。あんたも、おにいちゃんも、おねえちゃんも、キツネ一族の力をうけついでいるんだからね。人ならぬ力をもつ者のところには、人ならぬものたちがよってくる。そのことを、わすれないようにね」

モエは、じぶんのことをのぞきこむイツキおばあちゃんの首に両うでをまわし、おばあちゃんのほっぺたに、じぶんのほっぺたをぎゅっとおしつけて、モエ流のあいさつをした。

一瞬《いっしゅん》、めんくらっていたイツキおばあちゃんは、それでもすぐに、モエの体をきゅっとだきしめると、「さて」といって身をおこした。

「あたしは、山へ帰るよ」

ユイたちは、幼稚園《ようちえん》の門を出た通りの、一つめの角に立っていた。

「あんたたちも、早く家へお帰り。おじいちゃんとホギは、いまごろ、もとのすがたにもどって大さわぎしているよ。目をさましたパパとママは、あんたたちのすがたが見えないって気づいて、きっと、ものすごく心配してるはずだよ」

「おばあちゃん、またきてくれる？」

タクミがすばやく質問《しつもん》した。

街灯《がいとう》の下で、おばあちゃんがうなずく。

「そうだね。また、あんたたちにあいにくるよ」

「じゃ、指きりしよ！」

モエが、おばあちゃんの目のまえに右手の小指をつきだした。

「指きりげんまん

うそついたら　針《はり》千本の－ます！」

モエと指きりをかわして、イツキおばあちゃんは山へ帰っていった。

一つめの角をおばあちゃんが左にまがったと思ったら、もう、そのすがたはどこにも見えなくなってしまっていた。まがり角のむこうの人影《ひとかげ》のない路地を見て、モエがちょっぴりべそをかいた。

ユイは、さびしい気分の妹をおんぶしてやると、家への道を歩きだした。

満月《まんげつ》は大きく西にかたむき、国道ぞいのマンションのかげにかくれてしまったようだ。

ユイの少しまえをいくタクミが、ふと空を見あげて、ユイのほうをふりかえった。

「ね、聞こえた？」

タクミが問いかける。

「なにが？」

ユイには、なにも聞こえなかった。街路樹《がいろじゅ》をわたる風の音のほかは――。

また、ユイに背《せ》をむけて歩きだしながら、タクミがいった。

「いまさ、どっかで、竜《りゅう》の鳴き声が聞こえた気がしたんだ」

ユイは風の耳をすまして、夜空に竜《りゅう》の気配をさぐった。

気配はない。なにも聞こえない。

〈でも、きっと、タクミには聞こえたんだ。ここじゃない、べつの世界からひびく竜《りゅう》の声が〉

だまって歩きつづけながら、ユイはそう思った。秋の風が町並《まちな》みをわたる。

背中《せなか》のモエは、ねいきをたてはじめていた。

おしまいのおしまい

パパとママは、マンションの東側《ひがしがわ》の国道のところまで、ユイたちをさがしにきていた。モエばかりか、ユイとタクミまでがいなくなっていると気づいたとき、ママが「幼稚園《ようちえん》にいってみましょう」って、パパに提案《ていあん》したのだそうだ。いつも、ママの勘《かん》はするどい。さすがキツネ族だ。

ぐっすりねむりこんでしまったモエをパパの背中《せなか》にうつして、家へと帰る道すがら、ユイとタクミは、その夜おこったできごとを、かわりばんこに話しつづけた。

イツキおばあちゃんが登場したことを話すと、ママは、「やっぱり、ばれちゃうにきまってるって思ってたわ」といったが、おばあちゃんが、今回のことはしらなかったことにするといっていたとしって、ほっとしたようだった。

「男の子の正体は、玉泉寺《ぎょくせんじ》にまつられた竜神《りゅうじん》につかえる護法童子《ごほうどうじ》だったのかあ……。モエもたいへんなあいてに見こまれたもんだなあ……」

パパのことばに、ユイは、思い出した疑問《ぎもん》を一つ、口に出した。

「でも、どうして、玉泉寺《ぎょくせんじ》の護法童子《ごほうどうじ》は、モエの能力《のうりょく》のこと、しってたんだろ？　だって、あの子は最初《さいしょ》っから、モエに魂《たま》よせの口の力があるってしってて、カエルの口の呪《のろ》いをかけたらしいんだよね。石のカエルたちのことばを、聞きわけさせるために……。あたしたちは護法童子《ごほうどうじ》なんて、見たことも、あったこともなかったのに、なんでむこうは、モエのこととか、しってたんだろ？」

「そりゃあ、竜神《りゅうじん》が土地の氏神《うじがみ》だからよ」

ママがいった。

「うじがみって？」

ユイより先に、タクミが聞きかえす。

「古くから、この土地を守ってきた神さまってこと」

ママはそういってから、説明《せつめい》しはじめた。

「もともと、その竜神《りゅうじん》は、このあたりにあった大きな池にすむ竜《りゅう》だったんでしょうね。神さまとして玉泉寺《ぎょくせんじ》の竜王堂《りゅうおうどう》にまつられるより、もっとずっと古くから、この土地や、ここでくらす人たちの守り神だったのよ。そういう神さまのことを、氏神《うじがみ》とか、産土神《うぶすながみ》ってよぶんだけど、そういう神さまはね、じぶんの守る土地で生まれ育った人間のことは、なんでもしってるそうよ。だからきっと、この町で生まれて、この町でくらしているあなたたちのことだって、なんでもお見通しだったんだわ」

「個人情報《こじんじょうほう》、つつぬけってこと?」

タクミが、むっとしたようにいったが、パパはなだめるように口をはさんだ。

「まあ、しょうがないさ。あいては神さまだし、この土地の人たちを守ってくれてるんだから」

「そっかあ……」

ユイは、なっとくしてうなずいた。

「この土地の人たちを守るのが、竜神《りゅうじん》さまの仕事だったから、……だから三百年まえに、悪い大蛇《だいじゃ》が村のむすめを食べちゃおうってたくらんだときも、ストップかけたのかもね」

「それとも、じぶんのせいにされるのが、いやだったのかもしんないよ」

タクミがつっこみを入れた。

「なんにしても、カエルたちは災難《さいなん》だったなあ……。三百年近く、石に変《か》えられてたなんて」と、パパ。

「呪《のろ》いがとけて、竜神《りゅうじん》のけらいになれて、ほんとうによかったわよ」と、ママがいった。

「おじいちゃんと、ホギおばさんは？」

タクミが、ちょっと不安《ふあん》そうに質問《しつもん》した。

「ちゃんと、もとにもどった？　もう山に帰ったのかな？」

パパとママが視線《しせん》をかわす。

「ええ、ぶじ、もとのすがたにもどって、大はしゃぎだったわよ。キツネのすがたでそこらじゅう走りまわって、家の中をめちゃくちゃにちらかして、やっと帰っていったわ」

ママが、そっとためいきをつくのがわかった。

「カニサボテンも、ぶじ、もとにもどったよ」

パパがつけたして、そういった。

ユイたちは、マンションの敷地《しきち》へとつづく坂道にさしかかっていた。

パパとならんで坂をのぼりながら、タクミが、だれにともなくたずねる。

「あれって……、ぼくらがあった八ぴきめの竜《りゅう》って、やっぱ、チビ竜《りゅう》だったと思う？」

「うん、きっと、そうだろう」

パパが、すぐにうなずいていった。

「だって、おまえがのばした手に、ひげでタッチしたんだろ？　初対面《しょたいめん》のあいてに、そんなことをする竜《りゅう》はいないだろう。きっとチビ竜《りゅう》は、タクミや、ユイやモエのことを、おぼえてたんだよ。まあ、もう〝チビ竜《りゅう》〟ってよぶのは、おかしいかもしれないけどね」

パパにつづいて、ママが口をひらく。

「まえに話したかもしれないけど、竜《りゅう》たちがどうやって生まれ、どうやって一生を送るのかって、まだよくわかってないのよ。でもね、一説《いっせつ》によると、一つの水脈《すいみゃく》で生まれた竜《りゅう》たちは、ずっと、その水脈《すいみゃく》の土地をはなれず、天と地のあいだを行き来しながら、何回も何回も生まれかわるんですって。ひょっとしたらチビ竜《りゅう》も、仲間《なかま》たちとともに、この土地でむかしむかしから生きつづけてきた竜《りゅう》なのかもしれないわね」

ユイたち家族は、坂のてっぺんの少してまえで足をとめ、目の下にひろがる町をながめた。国道を走る車のすがたはなく、信号機《しんごうき》が点滅《てんめつ》をくりかえしているのが見える。家々やマンションのあかりは、もうほとんどが消えていたが、道路ぞいの街灯《がいとう》は、ぼんやりとした光をともしてつらなっていた。もう少しすれば、朝がやってくる。

夜明けまえの町からふきのぼってくる風の中で、タクミが「あ……」と声をあげた。

「どうしたの？」

そう問いかけて、タクミの顔をのぞきこんだユイは、はっとして、ママとパパと目を見かわして口をとじた。

タクミの目は、イツキおばあちゃんの目のように、いま暗い闇《やみ》の中で青く光っている。

〈時の目だ――、時の目に、なにかうつったんだ……〉

ユイは風の耳を、モエは魂《たま》よせの口を、そしてタクミは、キツネ一族から〝時の目〟の能力《のうりょく》をうけついでいた。時をこえ、過去《かこ》や未来《みらい》を見すかすその能力《のうりょく》は、いまのところまだコントロール不能《ふのう》で、こうしてときどき、タクミの思いもよらないときに、なにかをとつぜんうつしだしたりするのだ。

やがて、タクミがやっと大きくいきをはいたので、ユイはもう一度、弟に問いなおしてみた。

「どうしたの？　なんか、見えた？」

「うん」

タクミは、夜の風をむねにすいこんで、うなずいた。

「池だよ。大きな池——」

「結界《けっかい》の中で見た池みたいな？」

ユイがたずねると、タクミは首を横にふった。

「ううん。もっと大きくて、もっときれいな池。いま見おろしてる町がすっぽりしずんじゃうぐらい大きくて、池のまわりには草がはえてて、青い空を鏡《かがみ》みたいにうつしてて……。そしたら、その池にうつった空を飛《と》んでいく竜《りゅう》が見えたんだ」

「竜《りゅう》が？」

ユイが問いかえす。

「そう」

タクミは目を細め、町を見つめたまま、にこりとわらった。

「竜《りゅう》だよ。青い竜《りゅう》。竜《りゅう》は池の中の空を流れるように横ぎって、見えなくなっちゃった。そしたら、風がふいてね、水にうつった空がくだけて、きらきら光ったんだ」

もう一度、タクミは幸せそうにわらった。

「すっごく、すっごく、すっごく、きれいだった——」

ユイもパパもママも、タクミの見つめる先を、いっしょに見つめた。

夜明けまえの暗い町に目をこらしても、もちろんユイには、池なんて見えない。

だけど、きっと、ホギおばさんがいっていたとおり……、いや、護法童子《ごほうどうじ》がモエにそういったとおり、むかしむかし、三百年よりずうっとむかし、ここには、竜《りゅう》のすむ、美しく大きい池があったのだ。

〈だけど——〉と、ユイは思った。

そして、もしかすると、タクミが時の目で見た空飛《と》ぶ竜《りゅう》は、あのチビ竜《りゅう》だったのではないだろうか？

ママがいうように、この地の竜《りゅう》たちが、何回も何回も、天と地のあいだを行き来しながら生まれかわりつづけるのだとしたら、チビ竜《りゅう》は、ユイたちが生まれるはるかむかしから、この地の空を飛《と》んでいたかもしれない。

「さ、帰ろう」

パパが、背中《せなか》のモエをそっとゆすりあげながらいった。

みんなは、闇《やみ》の庭に横たわる町から目をひきはなし、のこりの坂道をぞろぞろとのぼっていった。

秋の夜明けまえの、ひやりとつめたい風が、ユイたちを追いこして、マンションのほうへふきぬけていった。

あとがき

信田家《しのだけ》の物語も、今回で十巻目《かんめ》となりました。一巻目《かんめ》を書きあげたときには、こんなにいくつもの物語が生まれてくるなんて想像《そうぞう》もしていませんでしたし、こうもつぎつぎに、さまざまな災難《さいなん》が信田家《しのだけ》にふりかかろうとは思ってもみませんでした。しかし、やっかいなキツネ一族の親類縁者《しんるいえんじゃ》のせいばかりではなく、ユイとタクミとモエがうけついだキツネ一族の能力《のうりょく》が、信田家《しのだけ》にふしぎなできごとをひきよせてしまうようなのです。

今回もユイたちは、思いがけないことから災難《さいなん》にまきこまれてしまいますが、呪《のろ》いやまじないにくわしいホギおばさんは、一連《いちれん》のおかしなできごとをひきおこしているのが、水の仲間《なかま》たちの術《じゅつ》ではないかと考えます。山にキツネや天狗《てんぐ》や山姥《やまんば》がいるように、水中や水辺《みずべ》をすみかとするものたちのなかにも、怪異《かいい》をひきおこしたり、あやしい術《じゅつ》をあやつるやつらがいっぱいいるからです。河童《かっぱ》、しかり。竜《りゅう》、しかり。鯉《こい》や鯰《なまず》や蟹《かに》だって、むかしは化けて出たり、人間をとってくおうとしたようですからね。

わたしのおばあちゃんは、九州《きゅうしゅう》に生まれ、対馬《つしま》にとついだ人でしたが、おさないわたしに、海にすむふしぎなものたちの話をたくさん聞かせてくれました。河童《かっぱ》や人魚《にんぎょ》や海坊主《うみぼうず》の話を——。おばあちゃんの対馬《つしま》の家近くの入《い》り江《え》のおくには、竜神《りゅうじん》さまをまつる小さな祠《ほこら》があって、その祠《ほこら》の下のわき水の底《そこ》を満月《まんげつ》の夜にのぞいてみると、竜《りゅう》のすがたが見えることがあったのだと、おばあちゃんはいっていました。

思えば、「シノダ！」の物語のはじまりも、一ぴきの小さな竜《りゅう》からでした。遊びにきた鬼《おに》丸《まる》おじいちゃんにくっついて、ユイたちのマンションにまよいこんできた小さな竜《りゅう》。チビ竜《りゅう》とよばれたその竜《りゅう》は、おふろの湯気を集めて、小さな雲の巣《す》をつくり、その中で、しばらくくらしていたのです。チビ竜《りゅう》が大空へ帰っていったとき、タクミはどんなに悲しがったことでしょう。

あのはじまりの物語からかぞえて十話目。「シノダ！」の物語を楽しみにまっていてくださるみなさんが、今回のお話を楽しんでくださることを心からいのっています。

心おどる挿《さ》し絵《え》で、物語の世界をかがやかせてくださる大庭賢哉《おおばけんや》さん、いつもほんとうにありがとうございます。

次回は、ユイがまよいこんだふしぎなお店の物語——。

これからも、信田家《しのだけ》のみんなをよろしくお願いします。

富安陽子

富安陽子 とみやすようこ

1959年東京に生まれる。和光大学人文学部卒業。『クヌギ林のザワザワ荘』により日本児童文学者協会新人賞、小学館文学賞、「小さなスズナ姫」シリーズにより新美南吉児童文学賞、『空へつづく神話』により産経児童出版文化賞、『盆まねき』により野間児童文芸賞、産経児童出版文化賞フジテレビ賞を受賞。『やまんば山のモッコたち』はIBBYオナーリスト2002文学作品に選ばれた。その他の作品に『ぼっこ』『ほこらの神様』『キツネ山の夏休み』『菜の子先生がやってきた！』『妖怪一家　九十九さん』『天と地の方程式』などがある。

大庭賢哉 おおばけんや

1970年神奈川県に生まれる。漫画家・イラストレーター。自作のコミックに『トモネン』『郵便配達と夜の国』があり、挿し絵を担当した作品に「ティーン・パワーをよろしく」シリーズ、『旅するウサギ』『川は生きている』『犬のことばが聞こえたら』『おばあちゃんの歳時記　暮らしの知恵』などがある。
HP＝http://www.tkotrx.jp/

シノダ！
指きりは魔法のはじまり

2016年11月　1刷
2017年 6 月　2刷

著者――富安陽子

画家――大庭賢哉

発行者――今村正樹

発行所――株式会社偕成社
東京都新宿区市谷砂土原町 3 - 5　〒162-8450
電話　03-3260-3221［販売］ 03-3260-3229［編集］
http://www.kaiseisha.co.jp/

印刷所――株式会社精興社／中央精版印刷株式会社

製本所――中央精版印刷株式会社

20cm 266p. NDC913 ISBN978-4-03-644100-6
Published by KAISEI-SHA. Printed in Japan.
本のご注文は電話・ファックスまたはEメールでお受けしています。
Tel : 03-3260-3221　Fax : 03-3260-3222　e-mail : sales@kaiseisha.co.jp

富安陽子　大庭賢哉・絵

チビ竜と魔法の実

人間のパパとキツネのママ、そしてキツネの血をひく三人の子どもたち。
そんな秘密をかかえた信田家に、小さな竜がまよいこんできた。

樹のことばと石の封印

キツネ一族からうけついだふしぎな力をもつ三人の子どもたちが
時空をこえてよびよせられたのは、金色のドングリがみのる山だった。

鏡の中の秘密の池

パパにあてて古い鏡台がとどいた日から信田家におこるあやしいできごと。
鏡のなぞをとくカギは、河童伝説と『ファーブル昆虫記』!?

魔物の森のふしぎな夜

自然学校がひらかれたキャンプ場は、魔物が出るという伝説のある森だった。
子どものころのパパとママ、イッチとサキの出会いの物語。

時のかなたの人魚の島

南の島のホテルから、パパにとどいた一通の招待状。
いったいなぜ、信田家がまねかれたのか？　人魚にまつわる島の伝説の真実とは？

キツネたちの宮へ

何者かのたくらみで、キツネたちの婚礼の儀式に足をふみいれてしまった信田一家。
正体をかくして、ぶじにピンチをのりきれるのか。

消えた白ギツネを追え

信田家に、九尾婦人という、とても高貴なキツネがくることになった。
とつぜんのなりゆきに、とまどうユイたち。いったい九尾婦人の目的は？

都ギツネの宝

三百年まえになくなった都ギツネの宝をさがすために、
夜叉丸おじさんと京都の町をかけまわることになったユイたちの大冒険。

夏休みの秘密の友だち

はじめて二人だけで、パパの生まれた町にやってきたユイとタクミは、
キツネのお面をかぶった兄弟から、ふしぎな祭りのことをしらされる。

指きりは魔法のはじまり

モエが幼稚園の男の子とした、ふうがわりな指きりがきっかけで、
信田家にきた鬼丸おじいちゃんとホギおばさんがとんでもないことに！

以下続刊